AF287363

Gerrit
Kouwenaar

FALL,

BOMBE,

FALL

Gerrit
Kouwenaar

FALL,
BOMBE,
FALL

NOVELLE

Mit einem Nachwort
von Wiel Kusters

Aus dem Niederländischen
von Gregor Seferens

C.H.Beck

Die deutsche Ausgabe wurde durch finanzielle Unterstützung der Niederländischen Stiftung für Literatur ermöglicht.

N ederlands
N letterenfonds
dutch foundation
for literature

Titel der niederländischen Ausgabe:
Val, bom
© 1950 The Estate of Gerrit Kouwenaar
Em. Querido's Uitgeverij bv, Amsterdam und
Uitgeverij Cossee bv, Amsterdam
© Nachwort-Edition 2023 Wiel Kusters und
Uitgeverij Cossee bv, Amsterdam

Der Junge stand vor dem Wohnzimmerfenster und schaute nach draußen. Er aß mit me-
chanischen Kiefern einen Apfel. Das Dienstmädchen gegenüber war gerade fertig mit
dem Fensterputzen und ging, mühsam Tritt-
leiter und Eimer tragend, die Stufen zur Haustür hinauf, wobei ihr Rock ein wenig hoch-
rutschte. Einen Augenblick lang sah er deutlich ihre
erschreckten Waden, dann fiel auch schon die Tür hinter
ihr zu. Gemächlich kaute der Junge weiter. Es war gegen
fünf am Nachmittag und vollkommen still auf der
Straße. Das Frühlingslicht hatte einen gelb-rosafarbenen
Ton, und die baumlose Straße (von der exakt zwölf
baugleiche Häuser in seinem Blickfeld lagen) wirkte dadurch umso kulissenhafter.

Der Junge starrte auf die geschlossene Tür und versuchte, sich vorzustellen, wie angenehm es wäre, wenn
er mit einer Art Zauberformel alles und jeden seinem
Willen unterwerfen könnte. Er versuchte, es sich vorzustellen, und er verspürte große Lust, dabei die Augen zu
schließen, widerstand jedoch der Verlockung und ließ

nur seinen Kopf mit einem leisen Bums gegen die Fensterscheibe fallen. Ein Allmächtiger sein, dachte er. Ich würde mir etwas wünschen, sehr stark daran denken, und dann würde es tatsächlich geschehen. Der Mathematiklehrer bricht plötzlich hinter seinem Pult zusammen. Der hölzerne Zirkel knallt auf den Boden. Herzstillstand, konstatiert der Arzt, doch ich weiß es besser. Erblicke ich ein begehrenswertes Mädchen, dann wünsche ich: Wirf dich vor mir wie eine Sklavin nieder, liebe mich, und sie wird augenblicklich meinem unausgesprochenen Befehl gehorchen. Doch ich würde auch Gutes mit meiner gewaltigen Macht tun, dachte er hastig. Ja, ja, auch Gutes. Ich würde die Welt von Hitler erlösen.

Doch mit dem unvermittelten Dazwischenfahren der Moral überkam ihn sogleich ein Gefühl großer Langeweile. Er warf den halb aufgegessenen Apfel in den Mülleimer und schaltete das Radio an, Ode an die Freude. Alle Menschen werden Brüder. Das Wunschhütlein und der unerschöpfliche Geldsäckel, dachte er. Romantik, dachte er, Schuljungenromantik. Wort aus den lexikologischen Übungen – in negativem Sinn: übertrieben poetischer Stil.

Der Junge kicherte unhörbar und lauschte der Musik, wobei er sich fragte, ob er die jetzt wirklich schön fand. Nein, sagte er zu sich selbst, aber ich sage natürlich zu allen: Ich finde sie herrlich. Sie rührt mich, sage ich, und stütze dabei den Kopf in die Hände. Ich lüge bewusst, wahre aber den Schein. Im Schrank steht eine Broschüre über Pubertät, Anleitung für fantasielose Eltern. So und so ist ein Pubertierender, steht darin. Doch was das Äußere angeht, vor allem Pickel. Ich habe keine Pickel, und den Rest kann niemand kontrollieren, dachte er mit ebenso viel Genugtuung wie Scham. Er drehte sich langsam um. Seine Mutter saß am Tisch, mit Näharbeiten beschäftigt. Sie schaute auf. Sie deutete schweigend auf die Teekanne.

«Ja, gerne», sagte er.

«Schenkst du dir dann selbst ein», sagte sie.

«Du auch?», fragte er. Seine Mutter nickte. Während er behutsam die Tassen füllte, dachte er: Das klappt ja schon recht gut, sie protestiert nicht einmal mehr, wenn ich Du statt Sie sage.

«Müsstest du nicht langsam mal mit den Hausaufgaben anfangen?», fragte seine Mutter.

«Ich hab fast nichts auf», sagte er. «Morgen Nachmittag bekommen wir bereits Ferien.»

«Das ist kein Grund, die Sache schleifen zu lassen», sagte sie. «Und du weißt, dass Onkel Robert und Tante Lies zum Essen kommen, dann wird es immer spät.»

Ihr Sohn antwortete nicht. Sie tranken ihren Tee. Der Junge stand auf, um sich in den spiegelnden Türen des Bücherschranks zu betrachten. Während er so tat, als hörte er aufmerksam zu, ließ er den Blick an den Buchrücken entlanggleiten. Stijn Streuvels Kriegstagebuch: die deutsche Armee, die in Flandern vorrückt, die Augustsonne ist warm; Ulanen mit Lanzen, die mit Fähnchen versehen sind, deutsche Kavallerie; Stahlhelme, die den Nacken schützen. Und: das Feuer. Und: der Weg zurück.

Jetzt war wieder Krieg, doch es wurde kaum gekämpft. Der Geschichtslehrer hatte gesagt, dass das wohl noch käme, dass die Niederlande diesmal sicher nicht außen vor bleiben würden. Manchmal führte er ausgedehnte politische Debatten mit einem deutschen Mädchen, einer der jüdischen Immigrantinnen, die bei ihm in der Klasse waren. Ein nettes Mädchen in so einer Tirolerweste, Dirndlkleid: Lieselotte Stengel. Natürlich werde Deutschland den Krieg erneut verlieren. Und es würden dabei wieder eine Menge Menschen sterben. Krieg ist etwas Schreckliches, der Tod ist etwas Schreckliches, dachte er. Das überfahrene Mädchen auf dem Asphalt. Er kam gerade aus der Schule. Es hatte einen enormen Auflauf gegeben, und inmitten des Kreises aus schweigenden, starrenden Menschen lag das überfahrene Mädchen, das Mädchen ohne Kopf. Sie hatte keinen Kopf mehr, da war nur noch ein breiiger roter Fleck. Nicht einmal Haare sah man. Ein Lastwagen war jählings über ihren Kopf gefahren, ein Lastwagen mit doppelter Bereifung. Und der Fahrer hockte weinend auf dem Bordstein, und niemand beachtete ihn. Ein Herr rief immer wieder: «Platz da, machen Sie doch Platz; hat jemand ein Laken?» Und ein anderer: «Gibt es denn hier keinen Arzt?» Als ob der noch gebraucht würde. Aber

10

niemand beachtete den Fahrer. Alle schauten auf das tote Mädchen, das rücklings auf dem Asphalt lag. Die Füße ordentlich nebeneinander, hohe Absätze, ein grüner Pullover und sehr spitze kleine Brüste und kein Kopf. Ein blondes Mädchen, ein schwarzhaariges Mädchen? Unbekannt. Jedoch tot. Oh, das also ist tot. Er sah es und ging nach Hause, und erst Tage später fühlte er sich elend deswegen. Es verursachte ihm beklemmende Träume, so wie der Film, der Dschungelfilm, ein Mann verschluckt von einem Krokodil. Die Kiefer klappten schlabbernd zu, und nur der Hut schwamm noch. Ein dunkler Fleck war auf dem sumpfigen Wasser. Er war ab achtzehn.

Wenn sein Vater und seine Mutter nun stürben? Würde ich weinen?, dachte er. Fände ich es schlimm, wenn hier Krieg ausbräche? Er schüttelte langsam den Kopf. Ich fände es herrlich, dachte er. Eigentlich erhoffe ich es. Ich weiß, dass es verwerflich ist, zu wünschen, dass es Krieg gibt, aber ich fände es herrlich. Es wäre spannend. Übertrieben poetisch, dachte er, schlimmer noch. Abscheulich, sagte er beinahe hörbar. Er rieb hilflos die Hände aneinander, und er spürte, wie sein Körper sich erwärmte.

Vielleicht wünsche ich es mir auch nicht, dachte er dann. Vielleicht weiß ich nicht, was ich wirklich wünsche, was ich wirklich wollen würde. Vielleicht bin ich abnormal. Stell dir vor, es gäbe ein Bombardement, in diesem Moment würden deutsche Flugzeuge über der

Stadt erscheinen. Eine Bombe in diese lahme Straße wäre doch wirklich fantastisch. Brennende Häuser, mindestens zwölf in einer Reihe. Stell dir vor, die ganze Straße stünde in lodernden Flammen, unser Haus auch, und wir hätten alles verloren. Es gibt schon Luftschutzkeller. Und der Geschichtslehrer sagt: Diesmal bleiben wir nicht außen vor. Nicht außen vor den Luftschutzbunkern, in denen man jetzt nur urinieren oder vögeln kann. Luftschutzkeller: fünfunddreißig Personen. Massengrab. Bomben mitten in der Nacht, wenn man schläft. Frauen rennen halb nackt nach draußen. Leichenschändung. – Ihm kam ein Foto aus dem Spanischen Bürgerkrieg in den Sinn, eine grauenerregende Aufnahme einer Frau, von den Faschisten in einem Kirchturm an den Glockenseilen aufgehängt, ein von Fliegenschwärmen bedeckter nackter Körper mit kahlem, blutigem Kopf.

Der Junge schüttelte den Kopf, ging wieder zum Fenster und legte erneut den Kopf an die Scheibe.

«Mach dich endlich mal an deine Arbeit, Junge», sagte seine Mutter, freundlich, aber drängend. Er antwortete lediglich mit einem knurrenden Kehllaut, dabei denkend: Sie hat recht. Meine Hausarbeiten. Ich bin ein perverser Dreckskerl. Ich wünsche mir entsetzliche Dinge. Hat jeder solche Gedanken? Vielleicht werden meine Wünsche wahr. Vielleicht bin ich ja wirklich ein allmächtiger Mensch, kenne aber meine eigenen Sehnsüchte noch nicht. Es gibt so etwas wie eine Seele. Stell dir vor, es passiert wirklich. Und die Hausarbeiten, die Hausarbeiten. Ja, du hast recht, Mutter, Sie haben recht, Mutter. Aber ich wünsche mir so sehr, dass etwas geschieht. Ich wünschte, ich traute mich, zu sagen, dass ich einen Scheißdreck an Beethoven finde. Ich wünschte, Beethoven würde nun unvermittelt unterbrochen – meine Damen und Herren an den Rundfunkempfängern, eine betrübliche Nachricht, es ist Krieg. Hurra! Hurra! Ich mache meine Hausarbeiten eigentlich nie wirklich ordentlich. Ihr Sohn könnte einer der besten Schüler sein, wenn er sich etwas mehr anstrengen würde. Er ist ein wenig verspielt. Ja, verspielt, er spielt mit Bomben. Oh, ich wünschte – ich wünschte, es fiele eine Bombe.

«Karel!», rief seine Mutter.

Der Junge gab keinen Mucks von sich. Er starrte durch das Spiegelbild seiner Nase auf die leblose Straße. Ein kleiner Junge mit einem eisernen Reifen rannte am Bürgersteig entlang. Die Höhere Macht kommt über mich, ich will, dass der Junge augenblicklich tot umfällt. Er holte tief Luft durch die Nase. Er sperrte die Augen weit auf. Mit meinen Blicken werde ich ihn tödlich treffen, dachte er. Stürz nieder, stirb! Ich, Karel Ruis, sage dir: Stirb auf der Stelle, Bürschchen mit eisernem Reifen. Fall, Bombe, fall!

Hinten in seiner Kehle ließ er ein leises Summen anschwellen, mitten durch Beethovens Schlusschor hindurch. Der kleine Junge verschwand hüpfend im Laden

des Käsekönigs. Der Käsekronprinz. Misslungen, dachte
er. Er drehte sich um und verließ mit gesenktem Kopf
das Zimmer.

2

Karel hatte sich in seinem Zimmer an den
Schreibtisch gesetzt. Er schlug den Schüler-
kalender auf. Der Spruch des Tages lautete:
«Heute ist, was du selbst daraus machst». Er
klappte die Agenda gähnend zu und fing an,
in seinem Geschichtsbuch zu blättern. Eine
Zeit lang betrachtete er fasziniert ein Foto.
«Hitler in Wien (1938)» stand darunter. Rechts eine
Reihe behelmter Uniformen, von denen eine eine einge-
holte Fahne hielt. Der Diktator hatte die rechte Hand in
Schulterhöhe gehoben. Einige Offiziere standen da und
schauten misstrauisch zu. Im Hintergrund ein Gebäude,
das große Ähnlichkeit mit dem Stadttheater hatte.

Karel nahm eine Schachtel Zigaretten aus der
Schreibtischschublade. Er öffnete das Fenster und blies
den Rauch mit kurzen Stößen nach draußen. Im Flur er-
tönte die Klingel. Der Junge lehnte sich aus dem Fenster.
Auf dem Bürgersteig stand sein Onkel Robert: ein weit
hervorgewölbter Bauch, auf dem oben ein grauer Hut
klebte. Onkel Robert hatte den Mantel über den Arm
gelegt, er lüpfte den Hut und betupfte seinen riesigen

kahlen Schädel mit einem weißen, noch gefalteten Taschentuch. Dann schob sich Onkel Robert nach drinnen. Karel ging zur Zimmertür und öffnete sie einen Spaltbreit. Er hörte, wie seine Mutter Onkel Robert begrüßte.

«Ist Lies nicht mitgekommen?», fragte sie. Seine Mutter hatte eine heisere Stimme, die immer ein wenig vorwurfsvoll klang. Onkel Robert klang jovial und fröhlich. Er hatte eine musikalische Stimme.

«Lies lässt sich entschuldigen», erwiderte er. «Sie kommt etwas später. Sie wollte noch ein wenig einkaufen. Puh, ganz schön warm für diese Jahreszeit, Cora», sagte er übertrieben keuchend.

«Wenn du dich ein wenig frisch machen willst, das Badezimmer steht zu deiner Verfügung. Das grüne Handtuch ist für Gäste», sagte Karels Mutter. «Ich muss in die Küche, aber Philip wird wohl in Kürze nach Hause kommen.»

Karel hörte Onkel Robert die Treppe hinaufgehen, und rasch schloss er die Tür, dabei denkend: Cora und Philip, ja, so heißen meine Eltern. Schöne Namen. Namen, die eigentlich gar nicht zu ihnen passen. Mutter sagt nie Philip zu Vater und Vater nie Cora zu Mutter. Die Ehe hat sie namenlos gemacht. Sie haben ihre Namen an ihre Kinder weitergegeben. Mein Bruder heißt Philip Lodewijk Robert und meine Schwester Cora Alide. Ich aber war ihr drittes Kind, für mich war nicht mehr viel übrig, bei mir war ihre Fantasie er-

16

schöpft. Mich haben sie nur Karel genannt, mehr nicht, nur Karel, nach irgendeinem senilen Großonkel. Wenn noch ein viertes Kind gekommen wäre, dann hätte es wahrscheinlich überhaupt keinen Namen erhalten. Meine Mutter sagt immer: «Als ich noch ein Mädchen war, haben mich die Jungen immer angeödet, die Karel hießen. Jungen, die Karel hießen, waren immer Stutzer. Stutzer waren es», sagt meine Mutter. «Und jetzt», fügt sie nachdrücklich hinzu, «heißt mein eigener Sohn so. Komisch, nicht.»

Ja, sehr komisch. Mehr sagt sie nicht, kein Kommentar, keine Abschwächung, keine streichelnde Geste über den Kopf ihres jüngsten Sohns – nichts! Sie lässt ihren jüngsten Sohn als Beute großer Verzweiflung zurück. «Verzweiflung», wiederholte Karel laut. «Welt ich bin das unwillkommene dritte Kind», sagte er mit gerümpfter Nase, «und heute ist und bleibt, was man selbst daraus macht. Aber morgen bekomme ich Ferien. Morgen wird vom Schulministerium, Abteilung O, K und W gemacht.»

Aus dem Badezimmer vernahm er das leise Plätschern von Wasser. Jetzt kühlt Onkel Robert seine haarigen Handgelenke, dachte er. Und jetzt spült er den Mund aus. Jetzt spuckt er das Wasser wieder aus. Er trocknet sich keuchend den Specknacken mit dem grünen Handtuch für Gäste ab. Onkel Robert ist ein vollkommen anderer Mann als mein Vater. Er trägt keine Jaeger-Gesundheitswäsche, sondern hellblauen Interlock. Er trägt rotseidene Pyjamas, und er pudert und parfümiert sich nach dem Rasieren, und sein Rasierzeug bewahrt er in einem ledernen Etui mit Reißverschluss auf. Reisenecessaire: spezielle kleine Schere zur Entfernung der Haare, die aus der Nase wachsen, Nagelfeile, Jodfläschchen, Watte, Creme, Alaun. Onkel Robert ist eine vollkommen andere Art von Mann als mein Vater. Onkel Robert ist ein waschechter Geck, findet meine Mutter. Und wenn ihm warm ist, sagt er ganz altmodisch, «puh!».

Es klopfte an der Tür. Rasch schlug Karel einige Bücher auf. Es war Onkel Robert. Der beleibte Mann rieb sich die Hände. Es verbreitete sich sogleich ein Eau-de-Cologne-Duft im Zimmer.

«Hallo, Karel, wie geht es, Boy?», rief Onkel Robert und ging mit ausgestreckter Hand auf Karel zu.

«Guten Tag, Onkel», sagte der Junge und drückte die frische, dicke Hand.

«Bei der Arbeit?», fragte Onkel Robert.

«Ja, Hausaufgaben», präzisierte Karel, als könnte der Onkel möglicherweise andere Arbeit meinen.

«Schön, schön», sagte Onkel Robert und lachte. Er lachte, indem er mit aufgeräumter Miene im Bass «haha» sagte. Er war ins Zimmer gekommen, und es schien so, als sei der Raum dadurch noch kleiner geworden.

«Ein gemütliches Studierstübchen», sagte Onkel Robert und nickte nachdrücklich. Er nahm auf der Bettcouch Platz und schaute rasch hin und her. Er setzte sich sehr behutsam und mit eingezogenen Schultern hin, als befände er sich in einem Zelt. «Und welche Hausaufgaben machst du gerade?», fragte er.

«Geschichte», sagte Karel.

«So, so, Geschichte», sagte Onkel Robert, während er sich der Länge nach auf die Bettcouch legte und seine Weste ein wenig aufknöpfte. «Seid ihr schon bei Le Roi Soleil angekommen?»

«Den haben wir längst durchgenommen», sagte Karel. «Wir sind jetzt mitten in der Französischen Revolution.»

«Aha», sagte Onkel Robert, «*liberté, égalité, fraternité*. Das ist eine wichtige Epoche, Boy! Pass im Unterricht gut auf. Dort beginnt unsere Kultur. Unsere liberale Zivilisation! Ein spannendes Zeitalter! *Les hommes naissent et demeurent libres* …», deklamierte Onkel Robert. Er holte ein silbernes Zigarrenetui hervor und betastete andächtig eine dunkelbraune Torpedo. «Du rauchst keine Zigarren, oder?», fragte er.

«Nein, Zigarren nicht», sagte Karel. Wenn er doch nur ginge, dachte er.

«Ich habe auch Zigaretten», sagte Onkel Robert, «Damenzigaretten – magst du vielleicht eine Damenzigarette haben, Karel?»

«Ja gern, Onkel», sagte der Junge und er steckte sich das dünne Stäbchen locker in den Mundwinkel. Onkel Robert klemmte die Zigarre zwischen die Zähne, wobei er sich mit der flachen Hand in den faltigen Specknacken schlug.

«So», sagte Onkel Robert. «Und lernst du auch Französisch? Natürlich lernst du Französisch», sagte er, sich die Brust kratzend. «Bist du gut in Französisch? Französisch ist eine wichtige Sprache. Eigentlich ist Französisch die wichtigste Sprache. Du musst in den Französischstunden immer gut aufpassen, Karel!»

Onkel Robert kniff die Augen halb zu und sagte: «Erzähl mir doch mal, was *l'encre* bedeutet!»

«Die Asche», sagte Karel.

«Nein», sagte Onkel Robert, «das stimmt nicht. Schon die erste Frage, die ich dir stelle, beantwortest du falsch. *L'encre* bedeutet Tinte. Die Asche ist *la cendre*. ‹La cendre de ma cigarette›, nicht wahr?»

«Ja, die Asche meiner Zigarette», sagte der Junge.

«Fein», sagte Onkel Robert an die Zimmerdecke starrend. «Wir fahren mit dem Unterricht fort. Was bedeutet ... *l'enfant?*»

«Das Kind», sagte Karel.

«Richtig», sagte Onkel Robert, «und *le sable?*»

«Der Sand», sagte Karel.

«Sehr gut, ausgezeichnet», sagte Onkel Robert, «und *la tuile?*»

«Das Dach», sagte Karel.

«Falsch», sagte Onkel Robert, «ein häufig vorkommender Fehler. Dachpfanne. Dachpfanne oder Ziegel», sagte er.

«Dachpfanne oder Ziegel», sagte Karel.

Onkel Robert schaute seinen Neffen an, als wollte er

noch etwas sehr Wichtiges sagen. Sein Mund öffnete sich halb, und seine geräucherten unteren Zähne wurden sichtbar. Er seufzte tief. Er sagte: «Nun ja.» Danach erhob er sich, klopfte die Asche von seiner Weste und sagte: «Lern du mal tüchtig weiter, Boy. Ich werde jetzt zuerst deiner Mutter ein wenig Gesellschaft leisten.» Er schlug kräftig auf Karels Oberarm und verließ das Zimmer.

Der Junge legte sich der Länge nach auf die warme Bettcouch und schlug sich mit der flachen Hand in den Nacken. «Lern du mal tüchtig weiter, Boy», murmelte er. Er betrachtete die dunkelblauen Rauchschwaden, die fremdelnd durchs Zimmer schwebten. Es musste schön sein, einen solchen Mann zum Vater zu haben. Einen Mann, der Respekt einflößt, ohne dass man sich vor ihm fürchtet oder ihn langweilig findet. Einen Mann, der einem einfach eine Zigarette anbietet, wenn man siebzehn ist, und der hellblaue Unterwäsche trägt. Ein moderner Herr. Ein aufgeklärter Geist, der sich wie ein Schulkamerad auf dein Bett legt.

Karels Mutter mochte Onkel Robert nicht. Onkel Robert hatte einen Sohn, und der war gestorben, als er zwanzig oder so war. Weil Onkel Robert dem Jungen ständig Beine gemacht habe, habe er Schwindsucht bekommen, sagte Karels Mutter. Der Junge habe auf Verlangen seines Vaters so viel lernen müssen, dass er daran gestorben sei.

«Karel!», rief seine Mutter unten an der Treppe. Einkaufen, vermutete Karel, aber daran werde ich nicht sterben. Zweihundert Gramm Aufschnitt, zweihundert Gramm Pralinen von De Heer, ein halbes Pfund Allerlei, ein Päckchen Maizena. Er schraubte seinen Füller auf und ging mit dem aufgeschraubten Füller in der Hand in die Küche.

«Ich versteh nicht, wo sie bleiben», sagte seine Mutter gehetzt. «Sie wollten alle früh zu Hause sein, und jetzt ist noch keiner da. Es ist schon nach halb sechs. Und ich hab diesen Kerl am Hals. Ach, leiste du doch deinem Onkel ein wenig Gesellschaft. Ich muss beim Essen bleiben.»

«Mach ich», sagte Karel und schraubte seinen Füller zu. Er ging ins Wohnzimmer. Onkel Robert saß in einem tiefen Sessel beim Fenster. Er trug eine schwarze Hornbrille und schrieb irgendwas. Vor ihm stand eine Steingutflasche mit Genever. Er nickte Karel nur kurz zu und schrieb weiter. Ab und zu hielt er eine Weile inne und trank einen Schluck oder goss sich ein neues Glas ein. Er sah plötzlich besorgt aus. Karel verspürte ein leichtes Gefühl der Beklemmung, er setzte sich geräuschlos an den Tisch und schaute über die Abendzeitung hinweg zu seinem dicken Onkel. Als dieser sich drei weitere Male eingeschenkt hatte, steckte er das beschriebene Blatt in ein Kuvert, notierte die Adresse darauf und tat das Kuvert in seine Brieftasche. Er nahm die Brille ab. Er sah seinen Neffen aufmerksam an.

«Na, Boy», sagte er. Sein Gesicht triefte vor Schweiß und schien mit einem Schlag voller grauer Falten zu sein.

«Rück mal ein wenig näher ran», sagte Onkel Robert, «ich muss mit dir etwas unter vier Augen besprechen.» Er schwieg kurz, um mit einer schnellen, wippenden Bewegung sein Glas zu leeren, und fuhr beinahe flüsternd fort: «Du bist doch alt genug, um ein Geheimnis für dich behalten zu können, oder?» Karel nickte. In der Küche hörte er seine Mutter einen Psalm summen. Sie summte mit scharfem Ton, und hinter ihm rauschte das Radio, ohne dass Musik herauskam. Er schluckte. «Ja, Onkel», sagte er.

«Ich weiß, was du jetzt denkst», sagte Onkel Robert. «Du denkst: Ist das nun Onkel Robert, mein korpulenter, fröhlicher Onkel? Vielleicht denkst du ja auch: Er hat zu viel getrunken.»

«Nein, Onkel», sagte Karel.

«Das tut auch nichts zur Sache. Es tut auch nichts zur Sache, was du von mir denkst», sagte Onkel Robert. «Solange du nur begreifst, dass die meisten Menschen sich anders geben, als sie sind.»

«Ja, Onkel», sagte Karel.

«Nun denn», sagte Onkel Robert. «Du weißt, was alle Menschen über mich wissen: dass das Schicksal mir ein paar ordentliche Schläge verpasst hat. Dass ich ein großer Pianist hätte werden können, wenn nicht ein Cricketball mir vier Finger gebrochen und meine Karriere beendet hätte. Dass ich einen vielversprechenden Sohn hatte, der plötzlich starb. Dass ich ein Haus hatte, das bis auf die Grundmauern abgebrannt ist. Dass ich ein zweites Haus hatte, das ebenfalls abgebrannt ist. Dass ich ein drittes Haus habe, das bestimmt auch noch abbrennen wird. Wusstest du das alles?»

«Ja, Onkel», sagte Karel. «Sie haben es mir oft erzählt.»

«Genau», sagte Onkel Robert, «man ist nie zu jung, um über die üblen Streiche des Schicksals in Kenntnis gesetzt zu werden. Aber hast du dich nie gefragt, wie es sein kann, dass ich in Anbetracht all dieses Kummers ein so aufgeweckter Mensch geblieben bin?» Er sah seinen Neffen beinahe triumphierend an, aber dieser antwortete nicht und saß schmächtig in dem tiefen Altmännersessel.

«Das kommt», sagte Onkel Robert, auf seine Armbanduhr schauend und nun schneller sprechend, «das kommt, weil ich ein Geheimnis habe. Es gibt ein Glück in meinem Leben, das mir die Kraft gibt, die harten Schläge des Schicksals mannhaft zu ertragen. Doch jetzt haben wir Krieg», sagte er, und seine Stimme klang nun betrübt. «Wir essen unser Brot und unser Fleisch, wir trinken unseren Genever, wir rauchen unsere Zigarren. Wie lange noch? Wir tun so, als sei nichts geschehen, und wir warten. Ich warte, und ich bin immer noch ein dicker, fröhlicher Mann, doch mein Glück ist in Gefahr.»

«Was ist Ihr Glück?», fragte Karel. Ich bin siebzehn, dachte er, und ich frage einen fünfzigjährigen Mann, was sein Glück ist. Was erlaube ich mir, dachte er stolz und verwundert.

In diesem Moment klingelte es an der Tür. Während Karel seine Mutter zur Tür gehen hörte, sagte Onkel Robert: «Das verrate ich dir später, nicht jetzt. Hör zu», flüsterte er gehetzt. Er holte das Kuvert aus seiner Brieftasche und drückte es Karel in die Hand. «Diesen Brief musst du Samstagnachmittag jemandem bringen», sagte er. «Eine Dame wird dich empfangen, und sie wird dir einen Antwortbrief für mich mitgeben. Den musst du mir dann bringen. Aber rede mit niemandem darüber, nicht mit deinen Eltern und auch nicht mit Tante Lies.» Onkel Robert schwieg. Er wischte sich mit dem frisch gefalteten Kavaliertuch das Gesicht ab, als entledigte er sich einer Theatermaske. Er machte einige gymnastische Armbewegungen und klopfte mit den Fäusten auf seine gewölbte Weste. «Haha», lachte er, «haha, dieser Karel. Hier, steck dir noch eine Zigarette an, Boy.» Sein Blick war immer noch leer, doch das Gesicht war wieder ganz und gar Aufgeräumtheit. Im Flur redete Karels Mutter mit Onkel Roberts Gattin. Karel stand auf und drehte am Radio. Musik, dachte er, fröhliche Musik.

Tante Lies kam herein, in Begleitung von Karels Mutter. Onkel Robert küsste seiner verwelkten Frau die Hand.

«Raucht der Junge?», fragte die Mutter.

«Ach, das eine Mal», sagte Onkel Robert.

Karel legte die glimmende Zigarette auf einen Aschenbecher. «Guten Tag, Tante.»

«Guten Tag, mein lieber Junge», sagte die kleine, magere ostindische Dame. Unter ihren schmalen Schultern beulte sich ihre Spitzenbluse schwer und formlos hervor. Sie stellte sich auf die Zehenspitzen, legte Karel eine Hand in den Nacken und küsste ihn auf beide Wangen. Sie hatte harte, raue Lippen, die wie Schmirgelpapier über seine Haut fuhren. Als der Junge seine Zigarette weiter rauchen wollte, bemerkte er, dass seine Mutter diese samt Aschenbecher und allem in die Küche gebracht hatte.

Einen Augenblick später kam sein Vater nach Hause und danach seine Schwester und sein Bruder.

Das Zimmer war voller lauter Erwachsenenstimmen. Sein Vater und sein Bruder tranken im Stehen einen Schnaps mit Onkel Robert.

«Ja», sagte sein Vater, «alle Urlaubsgenehmigungen wurden wieder zurückgenommen, die Lage scheint angespannt. Aber es wird sich auch diesmal als viel Rauch um nichts erweisen.»

Sie setzten sich an den Tisch. Die Mutter trug die Schüsseln auf. Schweigend aßen sie die Fadennudelsuppe aus den Sonntagstellern. Onkel Robert aß mit Appetit. Er hatte seine Serviette zwischen seine beiden harten Kragenenden gesteckt. Als er den Teller geleert hatte, sagte er: «Die Suppe war überaus köstlich, Cora. Ist dein Dienstmädchen beleidigt, wenn ich ihr nachher eine Kleinigkeit gebe?»

«Ich habe kein Dienstmädchen», sagte Karels Mutter. «Schon seit einem Jahr habe ich kein Dienstmädchen mehr. Ich koche immer selbst.»

Karels Vater saß in sich gekehrt lächelnd da und aß. Seine Mutter fragte, ob auch jeder genug Soße genommen habe. Beim Dessert sagte Onkel Robert zum Vater: «Karel hat mir erzählt, dass er morgen Ferien bekommt. Ich habe bereits zu ihm gesagt, dann könne er uns doch mal ein paar Tage besuchen.»

«Sehr nett von euch», sagte der Vater, «wenn er nur seine Arbeit nicht vernachlässigt.»

«Nein, das wird er ganz bestimmt nicht tun», erwiderte Onkel Robert. «Morgens spazieren wir ein wenig durch den Wald. Dort ist es jetzt wunderbar», sagte er, «und mittags trinken wir Tee beim Alten Bauern. Und abends können wir ins Kino gehen.»

Nach dem Essen trank man im Wintergarten Kaffee. Die Männer rauchten Zigarren, die Damen bekamen eine Damenzigarette. Karel saß auf einem niedrigen Stuhl und rauchte nicht. «Karel hat vor dem Essen schon geraucht», sagte seine Mutter.

Der Junge achtete nicht auf die Gespräche. Er las in der Zeitung einen Bericht über maskierte Autobanditen, und auf einer einsamen Heide war ein Mädchen von einem Übeltäter belästigt worden. Im Garten hörte er die Kinder der Nachbarn von unten Ball spielen. Die Geranien auf der Fensterbank blühten. Später wurde ein Likör mit Biskuit serviert. Um acht sagte Onkel Robert, es werde nun Zeit.

«Hol du mal die Mäntel, Karel», sagte seine Mutter. Karel holte die Mäntel, den Fuchs und den Hut mit Schleier von Tante Lies und den Übermantel samt steifem grauen Hut von Onkel Robert. Unter Kleidungsstücken begraben, kam er wieder ins Zimmer. Er half seiner Tante in den Mantel.

«Du bist ja schon ein richtiger Gentleman», scherzte sie kokett.

«Hast du schon eine Freundin?», fragte sie.

«Nein», erwiderte Karel hinter ihrem Rücken.

«Ach, komm», sagte Cora Alide. «Nicht so bescheiden, Brüderchen. Mindestens zehn hat er», sagte sie. «Er ist ein echter Don Juan.»

«‹Don Chuan› heißt das», sagte Karel. «Das J wird im Spanischen wie Ch ausgesprochen.» Bilde ich mir das nur ein, dachte er verwirrt, oder drückt Tante Lies ihren Busen absichtlich gegen meine Hand? Sie küsste ihn wieder auf beide Wangen, und er spürte nicht nur die stechende Rauheit ihrer Lippen, sondern auch die weiche, feuchte Spitze ihrer Zunge.

«Dann bis in ein paar Tagen, Karel», sagte sie.

Onkel Robert drückte ihm lange und kräftig die Hand. «Das ist jetzt also verabredet», sagte er nachdrücklich. «Ich kann mich also auf dich verlassen, ganz gleich, was geschieht?» Karel bemerkte, dass etwas in seiner Hand zurückblieb. Ein aufgerollter Zettel. Er steckte ihn schnell in die Hosentasche. Sobald er in seinem Zimmer war, holte er ihn hervor: Es war ein Zehn-Gulden-Schein.

Erfreut setzte er sich an den Schreibtisch und betrachtete den Brief, den Onkel Robert ihm gegeben hatte.

«Frau R. Mexocos», las er. Er musste grinsen. Onkel Robert ist verliebt, er hat eine Geliebte. Er ist ein waschechter Geck, ein alter Bonvivant. Er hat genug von seiner abgeschlafften, gelben Frau. Er hat sich eine Geliebte mit einem ausländischen Namen angeschafft.

Er holte ein paar Bücher hervor und fing an zu lernen. Er las: «Der Diktator wurde also noch nicht genug gefürchtet und verehrt. Darum ließ er ein Gesetz verabschieden, welches das Revolutionstribunal ermächtigte, ohne Zeugen und Verteidigung Todesurteile auszusprechen, einzig aufgrund der moralischen Überzeugung von Schuld.»

Karel kniff nun wirklich kurz die Augen zu und hörte den Zirkel auf den Boden knallen. Der Mathematiklehrer wird verurteilt, einzig aufgrund der moralischen Überzeugung von Schuld, dachte er.

Seine Gedanken sprangen zu Onkel Robert hinüber. Onkel Robert hatte gesagt: «Es gibt ein Glück in meinem Leben, das mir die Kraft gibt, die harten Schläge des Schicksals mannhaft zu ertragen. Doch jetzt haben wir Krieg.» Krieg? Er roch an seiner Hand. Die harten Schläge des Schicksals und das glitzernde Weiß in den Augen seiner Tante Lies. Er roch an seiner Hand und rieb sich die Wange an der Stelle, wo die feuchte Zunge von Tante Lies seine Haut berührt hatte.

3

Der Druck der Kopfhörer auf seinen Ohren weckte ihn. Sein rechtes Ohr war gefühllos, als sei es bereits seit geraumer Zeit doppelt gefaltet gewesen. Er schob den federnden Bügel von seinem Kopf und legte ihn hinter sich neben die kleine Zigarrenkiste mit dem Detektorempfänger. Automatisch begann er, sein schmerzendes Ohr zu reiben. Kurz öffnete er die Augen, um auf dem leuchtenden Wecker zu sehen, dass es kurz nach drei war. Er schloss sie sofort wieder. Er wusste, dass er noch nicht hellwach war, und wollte so schnell wie möglich wieder einschlafen. Ich habe erst ein paar Stunden geschlafen, dachte er. Er streckte sich der Länge nach aus und drehte sich auf die Seite. Sie ist weich, sie ist weich, dachte er. Die Nacht und der Halbschlaf waren ein unglaublich laues Bad, in dem er regungslos herumtrieb. In seinem Kopf erschienen die feierlichen Takte der Nationalhymne. Er erinnerte sich, dass er das «Wilhelmus» soeben durch den Kopfhörer gehört hatte, ein vollständiges Orchester, das immer leiser wurde, und Tick, Tack, Tick, Tack. Dass es zwölf

Uhr schlug, hatte er nicht mehr gehört, er musste beim Ticken der Studiouhr eingeschlafen sein. Aus dem Schlafzimmer der Eltern, das gleich neben seinem lag, drangen Stimmengeräusche zu ihm durch, aufgeregt, obwohl ziemlich leise. Er richtete sich kurz auf und ließ sich mit einem Seufzer wieder zurückfallen, bohrte den Kopf in das Kissen und zog sich die Decke über die Ohren.

Er dämmerte weg, das «Wilhelmus» verwehte. Sie haben wieder Krach, dachte er, aber ich lasse mich davon nicht mehr beeindrucken. Ich bin jetzt kein Kind mehr. Er wolle nicht mehr daran denken, sagte er sich. Und tatsächlich gelang es ihm einige Augenblicke später, seine Gedanken auf andere Dinge zu lenken: Onkel Robert, Tante Lies und die noch unbekannte Dame mit dem exotischen Namen, Frau R. Mexocos. Ein spanischer Name wahrscheinlich, es gab Anklänge an Mexico, Texas, Texaco. Ob sie wohl alt war oder jung? Wahrscheinlich jung. Am Samstag würde er es wissen.

Doch erneut hörte er die Stimmen seiner Eltern, jetzt lauter. Er schnaubte wütend und wusste, aus Schlaf würde vorläufig nichts werden. Nicht aufregen, sagte er zu sich selbst. Es ist nichts Besonderes. Meine Eltern streiten sich, sie gehören nicht zusammen, eine unglückliche Ehe. Ich bin das Produkt einer unglücklichen Ehe, dachte er nicht ohne Koketterie. Zwei Jahre zuvor (oder waren es schon drei?) hatte er sich zum ersten Mal eingestehen müssen, dass es zwischen seinen Eltern nicht so recht stimmte. Es war ebenfalls in der Nacht, ebenfalls eine Frühlingsnacht. Er lag ebenso wach da wie jetzt, im selben Zimmer und im selben Bett. Er war aufgewacht und hatte seine Mutter weinen gehört. Es hatte ihn tief getroffen. Es hatte ihn so tief getroffen, dass auch er beinahe weinen musste, es wahrscheinlich auch getan hätte. Seine Mutter schluchzte, mitten in der Nacht, und es stürzte eine Welt in sich zusammen, ein schönes Gebäude aus lieben Gedanken eines dreizehn-jährigen Jungen. Woran sollte er noch glauben? Er hatte sich vorgestellt, wie klein und in sich gekrümmt seine Mutter in dem großen Doppelbett liegen mochte, all ihren Kummer über die unglückliche Ehe ihrer großen Tochter entgegenspuckend. Denn sein Vater befand sich in jenen Tagen auf einer langen Geschäftsreise, und der Auslöser für das nächtliche Drama schien zu sein, dass er so wenig von sich hören ließ. Dann und wann war die besänftigende Stimme Cora Alides zu hören. Doch immer wieder brachen sie aus seiner Mutter hervor, Tränen und Wortbrocken, alles ausspuckend, was sie seit Jahren schon belastet haben musste. Wir hätten uns schon längst trennen müssen, schluchzte sie, aber der Kerl wollte nie.

Der Kerl war sein Vater, ein im Grunde freundlicher Herr, der nur ein wenig vergesslich war und sich Sorgen über Dinge machte, von denen seine Frau keine Ahnung hatte. Es war Karel in jener Nacht so vorgekommen, als sei sein Zimmer aufgebläht vor Schmerz. Der Schmerz, der sich auf Herz reimt. Er hatte rufen wollen: Schweig, schweig, sag, dass du lügst. Doch er blieb still liegen und starrte ins Dunkle, im Kopf Erinnerungsfetzen an Bücher über Jungen, die von zu Hause wegliefen, um zur See zu fahren. Er hatte aus dem Bett steigen und seine Mutter mit den Worten trösten wollen, dass sie seinen Vater falsch beurteilte, dass er ein guter Mann sei, den er sehr liebte. Dass er sie ebenso sehr liebte, dass er sie beide nur liebte, weil sie zusammengehörten, ein unzertrennliches Paar, eine unsterbliche Umarmung auf einem ewigen Foto. Doch er blieb still liegen, ein Ohr an der Wand und mit weit aufgerissenen Augen und dem Gedanken, dass dies der Moment war, in dem sich die «große Wende» in seinem Leben vollzog. Und er fing an, sich selbst Vorwürfe zu machen, sich fest vorzunehmen, fortan artiger seinen Eltern gegenüber zu sein, sich in der Schule mehr anzustrengen. Doch immer wieder rief seine Mutter mit sich überschlagender Stimme, ihr Leben habe keinen Wert mehr. Und da begann auch Cora Alide zu schluchzen, obwohl sie doch schon zwanzig war.

Mit den Fingern in den Ohren war er eingeschlafen, wobei er sich fast mit Gewalt immer wieder das alte Foto seiner Eltern aus der Verlobungszeit vor Augen rief: seine Mutter mit rundlichem Gesicht und widerspenstigen Haaren, glücklich zu seinem Vater aufschauend, einem jungen Kerl mit langem Hals, einem kleinen Schnurrbart und hellen Augen. Wer hat bloß Schuld?

Wer hat bloß Schuld?, dachte er wieder und wieder, und dabei war er eingeschlafen.

Auch jetzt schlief Karel ein, doch diesmal eher wütend als traurig. Die Wut steckte noch in ihm, als er nach recht kurzer Zeit mit starkem Harndrang wieder aufwachte. Es war viertel vor vier. Er blieb noch kurz liegen, den kühlen Gang scheuend, sich selbst suggerierend, er könne wohl noch eine Weile warten. So lag er noch einige Minuten da, mit einem harten, angespannten Bauch. Seine Eltern redeten noch immer, nun aber ruhiger, und es hing ein gleichmäßiges Brummen in der Luft.

Karel schlug die Decke zurück und tastete nach den Pantoffeln, die sich als unauffindbar erwiesen. Murrend ging er barfuß über das kalte Linoleum im Flur. Leicht schwankend erledigte er sein Geschäft und starrte dabei durch das kleine WC-Fenster in den hellen, besternten Frühlingshimmel. Doch da waren nicht nur Sterne, da waren auch breite Streifen weißen Lichts, die ungelenk hin und her zuckten. Und das gleichmäßige Brummen hielt an. Karel holte tief Luft. Totenstill blieb er vor dem Fenster stehen.

«Bist du da drin, Karel?», hörte er die Stimme seines Bruders.

«Ja», erwiderte er.

«Es ist Krieg», sagte sein Bruder.

«Krieg?», fragte er.

«Ja», antwortete sein Bruder, der vollständig angezogen in der Tür des elterlichen Schlafzimmers stand. Karel ging, plötzlich schaudernd, ins Elternschlafzimmer. Seine Mutter lag mit hochgesteckten Haaren und einem kleinen, glühenden Gesicht im Bett. Sein Vater stand, halb angezogen, die Hosenträger über der Pyjamajacke, am Fenster. Sein Bruder rauchte eine Zigarette.

«Die Deutschen haben uns überfallen», sagte seine Mutter.

«Diese Schufte», sagte sein Vater und begann, seine Anzughose wieder auszuziehen.

«Was hast du vor?», fragte die Mutter.

«Schlafen», erwiderte sein Vater kurz angebunden.

«Aber wir haben Krieg, Vater», sagte seine Mutter in drängendem, lautem Ton, als spräche sie zu einem Schwerhörigen.

«Ja, und?», sagte sein Vater und stieg ins Bett. «Darf ich deswegen nicht schlafen gehen? Nutzt es denn irgendwem, wenn ich am Fenster stehe und mich aufrege? Damit kann ich die Deutschen doch auch nicht aufhalten, oder? Gute Nacht.» Er knipste das Licht aus. In der Ferne erklang nun auch ein Grollen, als gäbe es Gewitter.

4

Es ist Krieg, und mein Vater geht schlafen, dachte der Junge. Mein Vater muss nichts tun, er muss sich nirgendwo melden, er muss keinen Helm aufsetzen, keine Stiefel anziehen, sich nicht auf einen Innenhof begeben und sagen: «Hier bin ich, bereit zur Verteidigung des Vaterlands.»

Er war jetzt hellwach und zog sich nun doch vollständig an, wusch sich aber nicht. Die Straßenlampen brannten, als sei nichts geschehen. War denn etwas geschehen? Er wusste es nicht. Wie viele mochten bereits gefallen sein?

Allmählich brach der Tag an, und das Grollen wurde heftiger. Karel ging mit trottenden Schritten durch die schlafende Wohnung. Ich hätte auf jeden Fall meine Zähne putzen müssen, dachte er. Mit einem Mal wurde ihm kalt. Sein Bruder stand mit bleichem Gesicht auf dem Balkon. Philip Lodewijk Robert grüßte Karel ernst. Karel erwiderte den Gruß ernst und stellte sich neben ihn. Auf fast allen Balkonen standen Menschen, schemenhaft, meist provisorisch gekleidet oder in fahlen

36

Morgenmänteln. Sie sprachen in gedämpftem Ton miteinander, als sei es ihnen verboten, laut zu reden. Ihre Stimmen raschelten wie totes Schilf. Niemand lachte.

Karel fragte sich, wonach all diese Menschen Ausschau hielten. Ein Soldat kam auf einem Damenrad vorbeigeflitzt, und alle hörten für einen Moment auf zu sprechen. Danach fuhr ein Milchwagen mit scheppernden Kannen vorüber; auf dem Führerhaus flatterte ein weißes Fähnchen. Hintendrauf stand: MILCH MACHT MÜDE MÄNNER MUNTER.

Karels Bruder ging nach drinnen, um starken Kaffee zu brühen. Als Karel die Tasse nahm, bemerkte er, dass seine Finger zitterten. Sein Bruder gab ihm eine Zigarette. Er lehnte sich rauchend an die Balustrade des Balkons. Es war inzwischen fast ganz hell, und die Häuser gegenüber bekamen allmählich rosafarbene Schöpfe. Das weibliche Publikum verschwand von den Balkons, und die Stimmen wurden lauter.

Das Unheil ist über uns gekommen, dachte Karel nicht unzufrieden. Er war nervös wie am Vorabend seines Geburtstags. Ein angenehm flaues Gefühl wogte in seinem Bauch. Es kam ihm so vor, als wäre in seinem Kopf ein bis dahin unbekannter Registrierungsapparat in Betrieb genommen worden, so etwas wie ein zusätzliches Sinnesorgan. Die Straße schien ein erfrischendes Duschbad aus Vaterlandsliebe und Angst verpasst bekommen zu haben. Hier und da wurden Flaggen herausgehängt, als wäre Königinnentag. Aus dem Radio stolperten nervöse, neue Klänge, die begannen, das Zimmer wie Ungeziefer zu bevölkern. Heinkel, Junker, Messerschmitt, Messerschmitt Numero zwölf. Krieg war jetzt nicht mehr nur ein monotones Brummen und Krachen in der Ferne, sondern auch rosafarbene Glitzerpunkte in V-Formation an einem knallblauen Himmel, Punkte, die die Namen von deutschen Millionären trugen.

«Deutsche Truppen haben heute Nacht die niederländische Grenze überschritten und sind in Berührung mit unseren Grenztruppen gekommen. Unsere Grenztruppen erfüllen die ihnen gestellte Aufgabe ...»

Aus allen Fenstern dröhnte die Lautsprecherstimme durch die Straße. Durch alle Straßen. Durch die ganze Stadt. Durch das ganze Land. Die Niederlande sind im Krieg mit Deutschland. Wie nimmt ein erwachsener Mensch diese schreckliche Nachricht auf?, fragte er sich. Ich würde gern lachen, seltsame Sprünge vollführen, auf die Straße hinauslaufen. Aber was würde ein erwachsener Mensch nun tun wollen?

Regungslos stand Karel Ruis auf dem Balkon; mit Ringen unter den Augen und einem ungewaschenen Gesicht, ein Junge von siebzehn Jahren, der sich aufgeregt und zu wenig Nachtruhe gehabt hatte. In Gedanken sah er die Landkarte vor sich. Die Landkarte meines Vaterlands, dachte er, eine grasgrüne Landkarte. Deutschland, unser östlicher Nachbar, ist hellrosafarben. Wie geht das, eine Grenze überschreiten? Wie muss man sich das vorstellen? Da ist eine Grenzstation mit zwei Schlagbäumen, einem rot-weißen und einem rot-schwarzen, denke ich, und mit einem Stückchen Niemandsland dazwischen sowie an dessen gegenüberliegenden Seiten zwei Wachhäuschen. In den Wachhäuschen stehen zwei Soldaten in langen Mänteln, Gewehr bei Fuß. Der eine hat seine Waden mit grünen Bändern umwickelt, der andere trägt kurze Stiefel. Ein niederländischer und ein deutscher Soldat. Sie können einander problemlos dastehen sehen. Doch nun machen sich die Deutschen daran, unsere Grenze zu überschreiten. Machen sie das auf einer solchen Straße? Fahren sie plötzlich mit einem Panzerwagen den rot-weißen Schlagbaum über den Haufen, nachdem sie den niederländischen Soldaten niedergeschossen haben? Wurde er, zum Beispiel, ganz unvermittelt von seinem deutschen Kollegen in fünfzig Metern Entfernung niedergeschossen, dem er regelmäßig auf seiner Runde begegnete und der vielleicht hin und wieder «Guten Abend» sagte? Wie dem auch sei, sie fahren also mit einem Panzerwagen über die Grenze, und dahinter kommen dann die Soldaten in gebückter Haltung, den Finger am Abzug, Fußvolk. Machen sie all das geräuschlos, oder machen sie einfach Lärm? Solch ein Panzerwagen, der knattert natürlich enorm. Dadurch werden die niederländischen Soldaten, die ein Stück weiter weg in Stellung liegen, selbstverständlich alarmiert. Andere schlafen in requirierten Häusern. Plötzlich schrillt die Alarmklingel. Die Deutschen stehen vor der Tür, und dann noch in aller Ruhe die Bänder um die

Beine wickeln. Ein paar Knöpfe werden gedrückt, und Bäume fallen auf den Weg, und ein paar Brücken fliegen in die Luft. Sie erfüllen die ihnen gestellte Aufgabe. Und das passiert natürlich auch an anderen Orten. Überall überschreiten die Deutschen die rot gestrichelte Linie zwischen hellrosa und grasgrün, oft auch nicht auf Straßen, sondern einfach im Wald oder auf Wiesen. Sie schleichen gebückt durch Getreidefelder, die Helme als Sonnenschirm über die Augen geschoben.

«Lediglich im Osten von Arnheim, rund fünfzehn Kilometer von der niederländisch-deutschen Grenze entfernt, sind die Deutschen bis zur IJssel vorgestoßen ...»

«Es sieht ganz so aus, als sei mein Wunsch erhört worden», sagte Karel langsam zu sich selbst. Langsam, als falle es ihm schwer, diese absurde Feststellung, die schon lange in seinem Hinterkopf herumspukte, in angemessene Worte zu fassen, ohne sich selbst dabei zu kränken. Es ist Krieg, dachte er. Der Diktator steht auf seinem Balkon und legt die kleinen Fäuste auf die Balustrade. Zwei Schritte weiter hinten hat er gestern eine Reihe von Todesurteilen gesprochen, ohne Verteidigung und Zeugen, nur aufgrund der moralischen Überzeugung von Schuld. Heute beginnen die Exekutionen.

Er schaute gespannt hinauf zu den Flugzeugen, die noch immer in perfekter Formation vorüberflogen und sich nichts aus den spärlichen Rauchwölkchen machten,

40

die vergeblich versuchten, Verwirrung in ihrer höheren Mathematik zu stiften.

Was mache ich jetzt mit dem Brief von Onkel Robert?, dachte er, schob darüber aber sofort einen neuen Gedanken: Es ist gut, ein Vaterland zu haben. Da begann irgendwo jemand, offenbar als eine Art musikalische Illustration zu den Radionachrichten, auf einem Klavier das «Wilhelmus» zu spielen, heftig hallend infolge überflüssigen Pedaleinsatzes und mit lauter barocken Schnörkeln. Die Noten sprangen wie salutierende Soldaten in die Häuser hinein. Die Menschen auf der Straße und auf den Balkonen nahmen Haltung an. Manche Männer nahmen den Hut ab.

Der mit einem trockenen Humor gesegnete Nachbar war auch auf den Balkon getreten.

«Guten Morgen», sagte er auf Deutsch zu Karel, «es ist so weit.» Er lachte grimmig. Er war ein kleiner, zerknautschter Mann. «Bald kommen die Engländer», sagte er. «Das wird schon. Wo ist dein Vater bloß?»

«Der schläft», erwiderte Karel.

«Grundgütiger», sagte der Nachbar, «der Herr Ruis schläft.» Er sang mit höhnischem Ton erneut auf Deutsch: «Schlafe, mein Prinzchen, schlaf ein ...»

5

Karels Eltern erschienen an diesem Morgen bereits um halb acht im Esszimmer, wo noch der lächerliche Geruch des Friedens hing. Sie irrten wie Fremde durch ihr früheres Zimmer. Die ziegelroten Kiefer seines Vaters waren glatt rasiert. Er nahm einen Atlas aus dem Bücherschrank und suchte die Ortsnamen, die seine Söhne abwechselnd wie Losungen riefen. «Nur hundert Kilometer von hier», sagte er schnaufend und fing wieder an, hin und her zu gehen. Die Mutter nahm auf dem Diwan Platz, die Hände beschäftigungslos auf den Knien, ein Staubtuch auf dem Schoß. Sie schaute verwundert um sich herum, und ihr dünnes Haar lag in Wellen auf ihrer Stirn. Ihr Mann setzte sich neben sie, und so saßen die Eltern Schenkel an Schenkel auf dem Diwan und machten sich daran, mit bedrückten Mienen die Morgenzeitung zu lesen.

«Alle Schulen und Universitäten sind bis auf Weiteres geschlossen», sagte die Mutter. «Die Eltern sind aufgefordert, ihre Kinder zu Hause zu behalten.»

Das Frühstück war ein kleines Ereignis, denn es kam

42

höchst selten vor, dass die ganze Familie gemeinsam am Tisch saß. Das passierte nur ausnahmsweise an einem ganz besonderen Tag, zum Beispiel, wenn jemand Geburtstag hatte oder wenn sie in die Ferien fuhren.

Dies ist eine Mahlzeit, zu der ein Gebet gesprochen werden müsste, dachte Karel, oder zumindest ein ermutigendes Wort. Er schaute zu seinem Vater. Sein Vater sagte: «Die Deutschen sind stark. Sie sind wahnsinnig stark.» Zerstreut wie er war, schnitt er sich einen halben Zentimeter dicke Käsescheiben auf sein Brot. Er stand auf, um ins Büro zu gehen. Er küsste seine Frau auf ihre weißen Ohren, zuerst vorsichtig auf das linke und dann vorsichtig auf das rechte Ohr. Die Kinder schauten schweigend zu. Er sagte: «Ich komme bald wieder nach Hause, Cora, haltet ihr euch nur tapfer.» Danach gab er jedem seiner Kinder die Hand. Karel zuletzt.

Haltet ihr euch nur tapfer, wiederholte der Junge bei sich. Es war vollkommen ruhig im Zimmer. Er sah den Frühstückstisch mit dem Käse, der Marmelade, dem Kuchen, den Teetassen. Die Balkontüren standen noch offen. Draußen dampfte der Frühling, die Milchhändler belieferten ihre Kunden, und ein Blumenverkäufer pries laut seine Farnpflänzchen an.

Karels Bruder sagte: «Ich werde mich nachher zur Bürgerwehr melden. Es steht ein Aufruf in der Zeitung. Ich will etwas tun. Ich will unbedingt etwas tun, sonst werde ich verrückt.»

Er will etwas tun, dachte Karel, doch voriges Jahr

hat er fast eine ganze Woche nicht geschlafen und nichts gegessen, um auch nur ja als für den Wehrdienst untauglich befunden zu werden. Und es ist ihm gelungen, doch nun will er etwas tun, weil er sonst verrückt wird. Karel sah seinen Vater die Straße entlanggehen, ein Mann mit langen staksigen Beinen und einer Diplomatenmappe.

Einige Zeit später verließ auch Karel das Haus. «Ich geh mal los und schau, ob an der Schule irgendwas los ist», sagte er zu seiner Mutter. Doch als er draußen war, schlug er den Weg in die Innenstadt ein. Er hatte den Zehner von Onkel Robert in die Innentasche gesteckt, zu dem Brief an Frau Mexocos. Er nahm nicht die Straßenbahn, sondern spazierte gemütlich durch die belebten Einkaufsstraßen. Er verteilte seine direkte Aufmerksamkeit zwischen den adretten Mädchen, die ihm entgegenkamen, und sich selbst. Aber der Gedanke, es ist Krieg, war ständig präsent. Er hielt Ausschau nach Anknüpfungspunkten, doch immer wieder schweiften seine Blicke zu seinem Spiegelbild in den Schaufensterscheiben ab. Er hatte die lange Hose seines dunkelblauen Anzugs angezogen (seine erste und einzige lange Hose), dazu eine leichte Sommerjacke, ein grellfarbig kariertes Hemd und einen unifarbenen Schlips. Das Hemd war eigentlich Teil seiner Campingkleidung, doch in dieser besonderen Zusammenstellung hatte es, wie er meinte, eine modern künstlerische Wirkung.

Vor manchen Gebäuden waren Männer in Overalls damit beschäftigt, Sandsäcke vor die Fenster im Erdgeschoss zu stapeln. Die Polizisten trugen blaue Soldatenhelme, und überall waren Patrouillen der Bürgerwehr in ockerfarbenen Uniformen und mit langen, altmodischen Gewehren unterwegs. Echte Soldaten sah Karel nirgendwo. Schon seit einigen Stunden waren keine Flugzeuge mehr am Himmel, und auch das Schießen hatte aufgehört. Es missfiel Karel sehr, dass es so wenig Außergewöhnliches zu erleben gab. Wie sonst fuhren Autos, die Geschäfte waren geöffnet, und die Menschen schauten nicht trauriger oder fröhlicher als an anderen Tagen. Es war vielleicht nur mehr los auf den Straßen.

Im Zeitungsviertel standen Hunderte Menschen vor den Anschlagtafeln mit den neuesten Nachrichten. Ihre murmelnden Stimmen hingen wie eine Gewitterwolke über ihren Köpfen, und mitten hindurch zuckte der nervöse Blitz der berittenen Polizei, die schnauzte, Menschenansammlungen seien verboten. Aber die Leute gehorchten den Uniformen zu Pferd nicht und studierten murmelnd die neuesten Nachrichten.

«Gepanzerte und motorisierte Einheiten der Franzosen und Engländer haben die belgische Grenze überschritten und wurden von den dankbaren Belgiern mit Blumen und Bier begrüßt», las Karel. Er schlenderte weiter.

Alle Kneipenterrassen waren voll besetzt. Charmante Frauen mit Sonnenbrillen saßen zurückgelehnt auf ihren Stühlen und wärmten sich in der Sonne. Karel wünschte schon, auch er hätte den Mut, sich dorthin zu setzen. Es schlug halb zehn. Er kaufte an einem Wägelchen ein Eis am Stiel. «Am Bahnhof sind bereits Engländer angekommen», sagte der Eisverkäufer. Eis essend gelangte Karel zum Bahnhofsvorplatz, wo eine johlende Menge seine Aufmerksamkeit erregte. Zwischen zwei Mitgliedern der Bürgerwehr wurde ein kleiner Mann abgeführt. Der Mann war unrasiert, er trug eine Baskenmütze und hatte keinen Hemdkragen um. Auf den Boden starrend, ging er willig mit. Die Männer von der Bürgerwehr hielten ihn kräftig an den Oberarmen fest, die dadurch wie lahme Flügel zur Seite ragten. Sein Mantelkragen war bis zu den Ohren hochgeschoben. Den dreien folgte eine große Menschenmenge, die laut rief: «Landesverräter, dreckiger Landesverräter!» Immer wieder dasselbe, in einem leiernden Ton und nahezu leidenschaftslos. Karel ging ein Stückchen in der Menge mit, als dächte er, dass nun das Erschreckende dieses Krieges wohl folgen würde, doch er stimmte nicht in den Chorgesang ein. Schließlich blieb er stehen und schaute der Gruppe hinterher, bis ein Mann, ohne Uniform, aber mit einer Binde um den Arm, ihn aufforderte weiterzugehen.

Er ging um den Bahnhof herum und spähte, ob er auch irgendwo Soldaten in Khaki entdeckte. Aber es war nichts Besonderes zu sehen. Züge fuhren dampfend ein und ab, und Bahnarbeiter gingen in blauen Kitteln und mit kupfernen Tröten umher. Auf dem breiten Fluss glitt ein Ozeandampfer Richtung See, gezogen von zwei

belfernden Schleppern. Am Mast hing die niederländische Flagge.

Karel setzte sich auf einen Poller an der Ufermauer
und schaute über das glitzernde Wasser. Er dachte nach.
Ich schaue über den Hafen, dachte er. Es ist der erste
Kriegstag, und ich schaue über den Hafen. Wo ist der
Krieg? Wir haben strahlendes Frühlingswetter. Der Fluss
riecht salzig. Sie ist wirklich wunderschön, diese Aus-
sicht: Fluss vor vaterländischem Panorama. Am anderen
Ufer die Rauchwolken der Fabriken. Doch die Faschis-
ten haben unsere Grenzen überschritten. Dieses schöne
Wetter ist zu gar nichts nütze. Es gehört nicht hierzu. Es
führt uns auf einen Irrweg. Es hätte regnen müssen.
Eigentlich hätte es kalt und trüb sein müssen.

Er fühlte sich ein wenig enttäuscht, beinahe betro-
gen. Boote und rangierende Züge, fast, als wäre nichts
geschehen. Und während er in eine Hafenstraße einbog,
ließ ihn der Gedanke nicht los: fast, als wäre nichts geschehen. Wenn ich nachher nach Hause komme, sitzen
alle ganz normal am Tisch. Ich habe ganz normal Ferien.
Es ist überhaupt nichts passiert. Meine Mutter wird sagen: «Dein Spiegelei ist kalt geworden, warum kommst
du so spät?» Ich antworte: «Ich war spazieren.» «Ist
etwas passiert?», fragt meine Mutter. Und ich erwidere:
«Nein, es ist nichts passiert.» Und währenddessen be-
neide ich meinen Vater, weil er zwei Spiegeleier bekommt und ich nur eins. Er bekommt zwei Spiegeleier,
weil er ein Vater ist. Er schneidet zunächst sorgfältig das

Weiße ab, und danach isst er mit einem Happen die Dotter. So isst mein Vater ein Spiegelei. Danach hat er in den Mundwinkeln gelbe Krusten. Und meine Mutter wird sagen: «Wisch dir den Mund ab, Vater.»

Karel Ruis ging durch die schmale Hafenstraße. Haus an Haus reihten sich die Kneipen. Die Türen standen weit offen, und die grünen Gardinen wölbten sich nach draußen und warfen einen fauligen Atem über den Asphalt. Mädchen mit weit abstehenden blonden Haaren und glänzend schwarzen Röcken klopften Teppiche aus.

Karel kannte das Viertel ziemlich gut. Nicht selten radelte er abends mit einigen Klassenkameraden dorthin, um sich kichernd und schaudernd die geschminkten Frauen hinter den roten Fenstern anzusehen. Es war ein äußerst aufregendes Viertel, von dem es im Bett viel zu träumen gab. Das Wasser in der Gracht war schlammig und tot. Über die krummen Brücken schlurften die Schritte von in sich gekrümmten Herren. An den Ecken der Gassen glühten Zigaretten, und es hing dort ein seltsamer, medizinartiger Pfeffergeruch.

Aber jetzt war es still und sonnig. Das Tageslicht entwaffnete Karel Ruis. Die Frauen saßen friedlich auf ihren Stühlen, eine Handarbeit auf dem Schoß. Das Glockenspiel erklang: «Auf die Verteidigung von Bergen op Zoom 1622». Die Frauen beachteten Karel kaum und sprachen ihn nicht an. Nur eine blinzelte ihm schweigend zu und hob den Rock bis über die Knie. «Stirb»,

dachte er. Sie war eine dicke weiße Frau in einem Unterrock. Mit steifen Beinen ging er an ihr vorbei. Er hörte
sie hinter seinem Rücken lispeln. Ich bin ein siebzehnjähriger Junge, dachte er. In Deutschland muss man in
diesem Alter bereits Soldat werden. Und diese Frau ist
mindestens fünfzig. Die Frau ist bestimmt ebenso alt
wie Tante Lies, nur dicker.

Ein regelmäßiges Brummen drang nun in sein Ohr.
Das Brummen wurde rasch lauter. Er blieb abrupt stehen und schaute nach oben. Beim Wandern seines Blicks
bemerkte er, dass die Frau ihm zulachte, dann plötzlich
den Kopf in den Nacken warf und ebenfalls nach oben
schaute. Über der Stadt kreisten zwei silberne Flugzeuge.
Sie stießen in einem Gleitflug herab, der so schnell und
so geschmeidig war, dass Karel den Lärm vergaß. Sie
waren nun gleich über ihm. Karel sah zwei Punkte fallen, er sah die Bomben fallen und hörte ein schrilles
Geräusch. Er senkte den Kopf und ließ das gurgelnde
Kreischen der Hure über sich ergehen. Sie breitete ihre
dicken Arme mit gespreizten Fingern aus, und ihr Bauch
war rund und fett. Karel Ruis dachte nicht ans Sterben.
Verwundert hörte er die Bomben einschlagen. Danach
war da nur noch Staub und das mächtige Heulen der
Sirenen. Die Bombe ist gefallen, dachte er, die Bombe ist
gefallen, die Bombe ist gefallen – als lernte er einen
schwierigen Kernsatz auswendig.

Er stand zwischen Dutzenden von warmen Körpern
in einem Luftschutzkeller, und er dachte: Hier kannst du

nicht mehr darüber weinen, hier ist Weinen sinnlos. Die Sirenen schwiegen, und es wurde draußen still, als hätte es geschneit. Die zusammengezwängte Menschentraube sagte kein Wort und zitterte kollektiv. Die meisten Anwesenden waren Frauen, manche hatten Strickarbeiten in der Hand. Die dicke Frau stand mit aufgedunsenem, weißem Gesicht da und holte Atem, sie tat nichts anderes, als durch ihren roten Clownsmund Atem zu holen. Sie lebte noch. Eine hagere Blondine murmelte mit zugekniffenen Augen vor sich hin, wahrscheinlich betete sie zum Herrn. Ein Mann vom Luftschutz kam herein, voller Staub, den Helm hinten auf dem Kopf. Er sagte etwas, und mit einem Mal begannen alle zu flüstern. Zwei Namen wurden geflüstert:

Annie und Neel, Annie und Neel. Kurz darauf folgte Entwarnung, und alle durften wieder ins Licht der Sonne treten und ihre tägliche Arbeit fortsetzen. Karel sah, dass zwei Häuser, an denen er soeben noch vorbeigegangen war, zerstört worden waren. Die andere Bombe war offenbar in der Gracht gelandet, die Fassaden von mindestens zehn Häusern bedeckte nun eine dicke Schlammschicht. Es stank atemberaubend. Mitten auf der Straße stand ein fast unbeschädigtes Bett. Man konnte sich einfach hineinlegen, die Decke über den Kopf ziehen und denken: Macht, was ihr wollt, macht, was ihr wollt, ich bin nicht da, ich schlafe.

6

Karel Ruis ging durch den Stadtpark. Blumen-
beete, Schwäne und Kinder wurden auf seine
Netzhäute projiziert, aber er dachte: Das ist
erst der Anfang. Ich habe die Toten nicht einmal gesehen, doch ich habe die Lebenden
gesehen, die Überlebenden. Ich bin selbst ein
Überlebender, was aber niemand weiß, niemand sieht es mir an.

Er schaute um sich herum. Er ging durch den Stadtpark. Zwischen diesen Beeten hatte er Kastanien ge-
röstet, in diesem von Sträuchern gesäumten Weg hatte
er sich vor dem Parkwächter versteckt, auf dieser Bank
hatte er seine Hände bei sich behalten müssen, auf diesem Weiher war er Schlittschuh gelaufen. Seine Mutter
hatte ihn hier im Kinderwagen herumgefahren und ihn
fotografieren lassen, mit einem drolligen Hütchen auf
dem Kopf und einem Brief in der Hand.

Das war jetzt alles Vergangenheit, dieser Park und alles, was er darin erlebt hatte, war Vergangenheit. Es existierte nicht mehr, es war Erinnerung geworden. Das Einzige, was noch existierte, waren die zerstörten Häuser.

Er schaute auf seine staubigen Schuhe und fing an, sie mit einem Büschel Gras zu säubern. Er war schon durch den halben Park gegangen, getrabt beinahe, als müsste er unbedingt pünktlich irgendwo sein und als wäre es schon spät. Aber es war noch nicht einmal halb zwölf, und er hatte Ferien. An einem einsamen Trinkbrunnen ließ er sich wiederholt den Mund vollspritzen, aber der fettige Schlafgeschmack wollte einfach nicht verschwinden. Es kam ihm so vor, als sei das junge Grün stumpf, als läge ein betrübter blauer Dunst darüber, als sehe er es durch eine getönte Brille.

Langsam machte er sich auf den Weg zur elterlichen Wohnung. Einige Leute hatten Streifen gummiertes Papier auf ihre Fensterscheiben geklebt. Ein Stück weiter waren Anstreicher dabei, eine Reihe von Häusern zu verschönern. Ein alter Anstreicher mit Bart brachte mit verkrampften Schnörkelbuchstaben einen Namen auf einer unlängst erst klar lackierten Tür an: R. P. KRAMARSK.

Zwei Negative schieben sich übereinander, dachte er, zwei Uhrwerke drehen durcheinander. Es passiert alles Mögliche, und es passiert nichts. Die Bombe ist gefallen, und nur ich weiß es. Ich wollte mir die Frauen ansehen, und es fiel eine Bombe. Gestern habe ich gesagt: «Fall, Bombe, fall», und heute ist sie gefallen. Und es fielen Bomben, Menschen und Häuser. Herr im Himmel, dachte er, die Leute lassen ihren Namen in Schnörkelbuchstaben auf die Tür schreiben. Sie lassen zur Verschönerung, und um Verfall zu verhindern, ihre Fassaden cremefarben anstreichen. Doch an anderen Fassaden trieft Schlamm herab, dicker, stinkender Schlamm. Jede Sekunde, die ich hier herumschlendere, fallen niederländische Soldaten, und fallen heißt sterben, sterben wie das überfahrene Mädchen. Sie fallen für ihr Vaterland (denn wofür sonst?), für unser Vaterland, für mein Vaterland, Vater- und Mutterland, Vater und Mutter. Mein Cousin, der Sanitätsoffizier ist, schneidet jetzt Kugeln aus lebendem Fleisch. Niederländische Kugeln und deutsche Kugeln, niederländisches Fleisch und deutsches Fleisch. Er amputiert Beine am laufenden Band, Beine zweier Nationalitäten. Und ich spaziere hier einfach herum. Ich schlendere durch das Hafenviertel, und mein Bauch krampft sich zusammen. Ich lausche der Nationalhymne, und mein Bauch krampft sich zusammen.

Karel Ruis fühlte sich einsam. Die Einsamkeit kroch wie kalte Dunstschwaden über ihn. Er dachte an das herrliche Schaudern, das ihn am Morgen beim Hören der Nationalhymne an der Wirbelsäule entlang gekitzelt hatte und warm in seinen Gedärmen spürbar geworden war. Wer war damals noch allein? Die Vögel zwitscherten, und die Nationalhymne wurde gespielt, und das war schön und gut und aufrichtig, körperlich schön und gut und aufrichtig. Ein gerechter Krieg, wir sind im Recht. Mein Volk, wir sind im Recht.

Er betastete mit einer verstohlenen Hand sein Gesicht. Erste Zeichen eines Schnurrbartes. Er befühlte seine Augen, die Ohren, die Nase. Ich bin siebzehn, dachte er. Sweet seventeen, süße siebzehn, und ich wollte mir die Drecksweiber in ihren Fenstern ansehen, und der Himmel schickte eine Bombe, um mich vor der Sünde zu warnen.

Seine Mutter öffnete ihm die Tür. Sie rief: «Bist du das, Karel?» Ihre Stimme fiel ängstlich an der langen Treppe entlang nach unten. Er hielt es nicht für notwendig, zu antworten, und trat ein. «Gott sei Dank», sagte seine Mutter. «Mir fällt ein Stein vom Herzen. Du solltest lieber nicht mehr allein aus dem Haus gehen. Es kann jetzt alles Mögliche passieren, mein Junge.»

Da musste er ihr recht geben: Es konnte alles Mögliche passieren. Hier und auf der anderen Straßenseite und in der Innenstadt und im Park. Es passierte in Etappen. Und das war erst der Anfang. Man war seines Lebens nicht mehr sicher. Nirgendwo war man seines Lebens noch sicher.

Er ließ sich in einen Sessel fallen. Er sperrte die Augen weit auf, als strengte er sich an, richtig wach zu werden. Sein Bruder war eine Silhouette vor dem Fenster. Eine Silhouette, die dabei war, gummiertes Papier auf die Scheiben zu kleben, karoförmig, eine Art Bleiverglasungsimitat. Er hatte eine kleine Schüssel mit Wasser und einem Schwamm neben sich stehen, und damit befeuchtete er jedes Mal sorgfältig einen Papierstreifen. Eine große Zigarre hing ihm zwischen den Lippen. Im Radio sprach ein Mann über Verdunkelung, ein Mann mit einer dumpfen Stimme, die Karel an die Stimme

54

seines Geschichtslehrers erinnerte. Sein Bruder drehte sich um. «Neuigkeiten?», fragte er.

«Was ist denn mit dir passiert?», erwiderte Karel.

«Ich habe mir die Haare schneiden lassen», sagte sein Bruder.

«Ja, das sehe ich», sagte Karel. «Aber viel zu kurz. Du siehst aus wie ein Idiot. Warum hast du dir die Haare schneiden lassen?»

«Ich habe mich zur Bürgerwehr gemeldet, und dort sagte man mir, dass ich mit so langen Haaren niemals angenommen werden würde», sagte sein Bruder.

«Und? Haben sie dich angenommen?», fragte Karel.

«Ja, sie haben mich angenommen», antwortete sein Bruder, «nachdem ich versprochen hatte, mir die Haare schneiden zu lassen. Daraufhin bekam ich eine Kennnummer.» Er zeigte Karel einen Zettel mit der Nummer 13186. «Demnächst bekomme ich die Einberufung», sagte er. Er nahm die Zigarre aus dem Mund und zog einen Papierstreifen ab, der schief saß. Danach versuchte er, sich die Haare zu kämmen, die nirgendwo länger als zwei Zentimeter waren.

«In der Innenstadt ist eine Bombe gefallen. Welch ein Knall, was?», sagte er.

«Ja, ein fürchterlicher Knall», erwiderte Karel.

«Hast du etwas darüber gehört?», fragte sein Bruder. «Wo ist es passiert?»

«Ich weiß es nicht», sagte Karel. «Ich habe nichts darüber gehört.»

7

Am darauffolgenden Nachmittag ging Karel zu Frau Mexocos, um ihr den Brief zu bringen. Frau Mexocos wohnte in einer Neubaueinöde am Rande der Stadt, eine windige Gegend, die Karel nur vom Namen her kannte. Sie lag in der Nähe des Viadukts, über das jede halbe Stunde ein Zug in Richtung von Onkel Roberts Wohnort ratterte. Es muss merkwürdig aufregend sein, mit dem Zug an der eigenen Straße vorüberzufahren, dachte Karel. Überall johlten «Himmel und Hölle» spielende Kinder, und Sand wehte über die leeren, gepflasterten Gehwege. Jede Seitenstraße bot Durchblick auf Schrebergärten mit Wigwams aus alten Brettern und Teerpappe. Ein Viertel, das bewirkte, dass man sich alleine fühlte. Einen Augenblick lang erwog Karel, den Brief einfach nur in den Briefschlitz zu werfen und ansonsten Frau Mexocos seelenruhig zu vergessen. Doch er hörte einen Zug vorbeifahren, und da klingelte er. Die Tür sprang summend auf. Er stieg die vier Treppen hoch. Im obersten Stockwerk stand ein Mädchen seines Alters in der Türöffnung, ein nicht sehr großes Mädchen, aber mit einem weisen, runden Gesicht. Sie hatte langes, schwarzes Haar und war sehr damenhaft gekleidet. Sie trug ein Kleid aus schwarzem Samt und sog gerade eine Flasche Limonade durch einen Strohhalm leer.

«Wohnt hier Frau Mexocos?», fragte er.

Das Mädchen nickte, ohne den Strohhalm aus dem Mund zu nehmen.

«Ich habe einen Brief», sagte er und holte dabei den Brief hervor.

Nachdem sie sorgfältig die letzten Reste Limonade aus der Flasche geschlürft hatte, sagte das Mädchen: «Gib nur her.»

«Ich soll auf Antwort warten», sagte er. «Sind Sie Frau Mexocos?»

Das Mädchen lachte auf. «Wie kommst du denn auf die Idee? Das ist meine Mutter. Musst du sie sprechen? Hast du ein Empfehlungsschreiben? Bist du ein Modell? Ich rufe sie. Komm ruhig rein.»

Karel betrat ein kleines Vestibül, in dem es nach Eau de Cologne roch. Dort hingen Bilder aus grüner und roter Wolle an der Wand. Ein Bild stellte einen Fisch dar, einen monströsen Fisch mit großen grünen Schuppen, roten Flossen und roten Augen.

«Wer ist da, Ria?», fragte eine Frauenstimme.

«Ein Junge, der dich sprechen will», sagte das Mädchen. «Ein Modell, glaube ich.»

«Aber es ist jetzt doch nicht die Zeit für Modelle», sagte die Stimme.

«Ich bringe einen Brief und soll auf Antwort warten», sagte Karel.

«Er bringt einen Brief und soll auf Antwort warten», sagte Ria.

«Lass ihn nur ins Zimmer», sagte die Stimme.

Ria schickte ihn in ein Zimmer, in dem alle Möbel weiß waren. Die Stühle bestanden aus Peddigrohr, und über dem Kaminsims hing eine hölzerne Puppe, eine Art Harlekin, hellrosafarben und hellgrün. Vor dem Fenster stand ein weißer Flügel.

«Nimm einfach Platz», sagte das Mädchen beiläufig. Sie beachtete Karel nicht weiter. Sie kämmte sich die schwarzen Haare mit einer Metallbürste. Karel entdeckte, dass auf dem Flügel ein Porträt in einem dunkel lackierten Rahmen stand. Das Porträt war das einzig Altmodische im Zimmer. Es zeigte einen Mann mit einem wilden Haarschopf und einem Schnurrbart, ein Mann, der an einem Flügel saß, die Hände auf den Tasten und den Kopf stolz erhoben. Es war ein Porträt von Onkel Robert. Karel hatte das Gefühl, dass dieses Porträt ganz und gar nicht in dieses Zimmer passte, als habe es sich zufällig hierher verirrt. Er bemerkte, dass seine Fingernägel schmutzig waren und dass die Bügelfalte allmählich aus seiner schönen blauen Hose verschwand. Das mondäne Gesicht seines Onkels trug nicht zu seinem Wohlbehagen bei. Ria hatte sich an den Flügel gesetzt und spielte nun. Sie spielte schrille Jazzmusik und schaute dabei angestrengt auf das Blatt vor sich, das ganz schwarz vor lauter Noten war. Das Stück war offenbar sehr schwierig, denn sie schaute beinahe betrübt und stampfte mit dem Fuß auf, wenn sie danebengriff.

Dann öffnete sich die Tür, und ihre Mutter trat ein. Frau Mexocos trug einen Badeanzug. Sie war eine sehr große Frau. Ihr Haar begann bereits zu ergrauen, doch ansonsten sah sie sehr jung aus. Sie hatte ein sanftes, rundes Gesicht, und ihr Mund war halb offen. Ihre Haut war glatt und braun. Karel musste plötzlich an den Sommer denken, an einen warmen, duftenden Sommerurlaub ohne Krieg, an einen Strand mit fröhlichen, gebräunten Menschen, von denen Frau Mexocos eine war, eine schöne Mutter in einem feuerroten Badeanzug, der Länge nach im heißen Sand liegend. Was für eine Mutter!, dachte er.

Frau Mexocos ging mit ausgestreckten Armen auf ihn zu. Sie sagte: «Entschuldige, dass ich dich so lange habe warten lassen. Wir sind gerade umgezogen, und es herrscht noch Durcheinander. Vorsicht, meine Hände sind sehr schmutzig.» Sie reichte Karel ein sehniges Handgelenk, und er legte kurz seine Hand mit allen Fingern um dieses Handgelenk, auf das beinerne Armband.

«Ich heiße Karel Ruis», sagte er. «Ich bringe Ihnen einen Brief von meinem Onkel Robert. Onkel Robert hat gefragt ...», sagte er.

Doch Frau Mexocos sagte: «Oh», streckte eine schmutzige Hand nach dem Brief aus, riss ihn auf und ging lesend zum Kaminsims. Sie lehnte sich an den

Kaminsims, gleich unter dem Harlekin, der grinsend über ihre nackte Schulter hinweg lugte. Frau Mexocos las den Brief einige Male ganz durch und schaute immer wieder auf, als denke sie angestrengt nach.

Ria hatte zu spielen aufgehört und betrachtete nun Karel. Sie betrachtete ihn aufmerksam, aber sie lachte nicht. Sie nahm mit lila glänzenden Fingernägeln eine Zigarette aus ihrem Etui und steckte sie zwischen die gespitzten Lippen. «Auch eine?», fragte sie Karel. Sie warf ihm eine Zigarette zu, lehnte sich in ihrem Sessel zurück, die Beine übereinandergeschlagen, eine kleine Frau mit seidenen Strümpfen. Sie wartete auf Feuer, sie wartete geduldig, bis ihm klar wurde, worauf sie wartete. Hastig strich er ein Zündholz an und ging mit dem brennenden Zündholz zu ihr hin. Er musste das ganze Zimmer durchqueren, und er fühlte, wie seine Nägel versengt wurden, als er ihr endlich die Flamme hinhalten konnte. «Au?», fragte sie. «Nein», erwiderte Karel. Er schaute aus der Nähe nach ihren Augen, die grün waren, Knopflochaugen, und ganz sicher nicht besonders schön. Sie sagte: «Ich danke dir», und der Ton, mit dem sie das sagte, war so unerreichbar, dass Karel sich fragte, warum er nicht augenblicklich in dieses Mädchen verlieben sollte.

Ihre Mutter rollte den Brief zu einem dünnen Rohr, das sie grübelnd unter den Träger ihres Badeanzugs schob. «Tja, ich weiß es nicht», sagte sie zu Karel. Danach fragte sie mit verwundertem Gesichtsausdruck: «Hast du gesagt, dass du auf eine Antwort warten sollst?»

«Nun ja, auf Antwort warten», sagte er. «Onkel Robert bat mich, Ihnen diesen Brief zu bringen, und sagte, Sie würden mir dann wiederum einen Brief für ihn mitgeben, und dass ich mit niemandem darüber sprechen dürfe.»

«Der gute Robert», sagte Frau Mexocos. «Magst du deinen Onkel?», fragte sie. «Willst du vielleicht etwas trinken? Einen Schnaps?»

«Ja, sehr gern», erwiderte Karel. «Sehr gern, Frau Mexocos», fügte er hinzu.

«Roberts Neffe spricht dich stets mit ‹Frau› an», sagte Ria kichernd, während sie zum Schrank ging. «Genever oder Sherry?», fragte sie.

«Ich heiße Ria», sagte Frau Mexocos. «Ich heiße Ria, so wie meine Tochter. Du kannst mich ruhig Ria nennen.»

«Genever oder Sherry?», wiederholte die Tochter.

«Sherry, wenn es geht», sagte Karel.

Zu dritt saßen sie um einen niedrigen Tisch mit einer Glasplatte herum. Unter der Platte befand sich ein Bild mit wilden Reitern in einer Schneelandschaft. Frau Mexocos lag lang gestreckt in einem tiefen Sessel, die nackten Beine weit nach vorne geschoben. Sie trug Sandalen mit Sohlen aus Sisal, die mit kreuzweise gewickelten Bändern um ihre Waden befestigt waren. Die beiden Rias hoben mit einer ruckartigen Bewegung ihre Gläser in Brusthöhe und sagten: «Cheers!» Karel Ruis tat es ihnen nach. Der Sherry schmeckte bitter.

«Dein Onkel Robert schreibt, er habe ein ernsthaftes Gespräch mit dir geführt», sagte Mutter Ria. «Ja, und er schreibt: ‹Ich habe ihn über alles informiert.› Was hat er dir denn erzählt?» Sie lächelte abwartend und legte einen Finger an ihre große Nase.

Was hat er mir erzählt?, dachte Karel verwirrt. Er schaute auf die langen Beine der Mutter und auf die seidenen Strümpfe und eleganten Schuhe der Tochter. Hat er mich über irgendetwas informiert?, überlegte er.

Er sagte: «Ja, er hat ein ernsthaftes Gespräch mit mir geführt. Er hat mich gefragt, ob ich verstehe, warum er eine so heitere Natur habe, ungeachtet der Schicksalsschläge, die er habe hinnehmen müssen. Ich sagte, nein. Daraufhin sagte er, er werde mir erzählen, wie das komme. Er sagte, weil es ein großes Glück in seinem Leben gebe. Worin dieses Glück aber nun genau besteht, dazu ist er nicht mehr gekommen, denn in dem Moment kam Tante Lies herein. Er konnte mir gerade noch diesen Brief geben.»

«Er wird es dir bestimmt noch erzählen», sagte Frau Mexocos lächelnd in einem beruhigenden Ton und hob ihr Glas.

«Wir haben ein hübsches Porträt von deinem Onkel Robert», sagte ihre Tochter.

«Ja», erwiderte Karel und deutete auf den Flügel, «ich hab es gesehen.»

«Nein, nein, das ist ein altes Bild. Ich meine ein Porträt, das meine Mutter unlängst gemacht hat. Darauf ist die Ähnlichkeit viel größer als auf dem Foto. Willst du es sehen, Karel?»

62

Sie hat mich Karel genannt, dachte er erfreut. Sie war mit einem kleinen Sprung aufgestanden und ging ihm voraus. Die Zigarette wippte zwischen ihren Lippen. Ein paarmal sah sie sich zu ihm um, als wollte sie sich vergewissern, dass er ihr auch wirklich folgte. Nun, er folgte ihr gern.

Sie gingen durch den Flur und betraten ein Zimmer. Das Zimmer stand voller Kisten, und da mittendrin stand ein enorm breites Doppelbett, auf dem alle möglichen Schuhe und Kleidungsstücke lagen. Vor allem Schuhe lagen dort, Schuhe der unterschiedlichsten Modelle und Formen: Sandalen aus Goldleder, Pantoletten aus Raffiabast, Boudoirpantoffeln und auch Bergschuhe.

Die kleine Ria kroch unter das Bett und holte ein enorm großes Gemälde hervor. Sie stellte es an die Wand. «Das ist es», sagte sie.

Karel sah ein Porträt seines Onkels. Das Porträt war komplett aus aufgeklebten, kleinen Lappen zusammengestellt. Der kahle Schädel bestand aus einem Stück glänzend rosafarbener Lingerie. Die Augen waren groß, viel zu groß, und aus hellblauem, ausgefranstem Leinen mit weißen Blümchen darauf; die Fransen stellten die Wimpern dar. Onkel Robert schaute seinen Neffen freundlich und nachdenklich an, mit einem Ausdruck auf seinem Lappengesicht, der für Karel vollkommen neu war. Seine Lippen und Ohren waren aus dickem, rotem Filz und die Wangen aus naturfarbener Schantungseide. Darunter war sein Oberkörper wieder nackt und glänzend rosafarben, und darunter befand sich ein Lendentuch, das aus einem normalen Handtuch gemacht war, einem Handtuch für die Küche, blau und grau kariert.

«Gefällt es dir nicht?», fragte Ria.

«Doch, ich finde es sehr schön», sagte Karel. «Das Komische ist, dass das Porträt ihm vollkommen gleicht.»

«Das ist überhaupt nicht komisch», erwiderte Ria. «Mutter ist eine große Künstlerin. Sie tanzt auch Ballett und entwirft Schuhe und zeichnet nach lebendem Modell», sagte sie.

«Nach lebendem Modell?», fragte Karel.

«Ja», sagte Ria, «sie liebt es, Akt zu zeichnen. Sie liebt nackte Körper. Vor allem Männerkörper, junge Männerkörper. Ich kann das durchaus nachvollziehen», sagte sie.

Frau Mexocos kam auf ihren langen Beinen ins Zimmer. Sie wusch sich am Waschbecken die Hände. «Was für ein Durcheinander», sagte sie, als habe sie das Chaos noch nie zuvor gesehen. «Was soll ich damit jetzt bloß anfangen?», fragte sie. Doch niemand antwortete ihr. Sie machte mit zurückgelegtem Kopf ein paar Tanzschritte und hob die Arme graziös in die Höhe. So blieb sie eine Weile stehen, in der Taille gebeugt. Dabei fragte sie: «Gibt es Neuigkeiten? Sind die Engländer schon da?»

«Ich weiß es nicht», sagte Karel, «aber sie kommen bestimmt.»

«Ich hoffe es, ich hoffe es», sagte Frau Mexocos, «ansonsten sieht es übel aus.»

«Ja», sagte Karel, und er dachte: Was geschieht, wenn die Engländer nicht kommen?

«Von den Deutschen haben wir nichts zu erwarten», sagte Frau Mexocos. Sie holte einen Tiegel Creme unter dem Bett hervor und rieb ihre Hände ein. «Wir sind Jüdinnen», sagte Frau Mexocos. «Juden haben von den Deutschen ganz und gar nichts zu erwarten. Die Deutschen schlachten die Juden ab wie Vieh. Ich weiß nicht, wie viele meiner deutschen Freunde sie bereits umgebracht haben. Wenn die Deutschen hierhin kommen», sagte sie, «werden wir flüchten müssen. Und ich denke, dass sie kommen werden, die Deutschen. Schon den ganzen Tag habe ich gedacht: Warum sollte ich den ganzen Krempel sortieren? Welchen Sinn hat das jetzt noch? Nächsten Monat bin ich sowieso in Amerika. Oder in einem Konzentrationslager. Ja, Robert hatte durchaus recht, wir hätten schon längst weggehen sollen. Lasst uns noch ein Glas Sherry trinken», sagte sie.

Sie tranken Sherry. Aus großen, vollen Gläsern. Karel sagte: «Sie sind pessimistisch, Ria, du bist pessimistisch. Warum sollten die Engländer nicht kommen? Wir sind jetzt ihre Verbündeten. Die Deutschen werden niemals weiter als bis zur Holländischen Wasserlinie vorrücken. Das weiß jeder. Die Zeitungen schreiben es. Die Deutschen haben noch nie einen Krieg gewonnen.»

«Nein», sagte Mutter Ria und schenkte Karel erneut

ein großes, volles Glas ein. «Aber vielleicht gewinnen sie diesen Krieg ja doch. Und selbst wenn sie ihn auf lange Sicht hin verlieren, dann können sie uns davor noch viel Böses antun.»

Karel verstand nicht, wie er den Sherry jemals hatte bitter finden können. Eine große Wärme wühlte hinter seiner Brust. Unter seinem Glas preschten die Reiter durch den Schneesturm. Das Zimmer war weiß und schön, die Lappenbilder waren schön, die beiden Rias waren schön. In einem solchen Zimmer zu leben, dachte er, hier leben zu dürfen, dachte er. Die Vorstellung, dass die beiden Rias möglicherweise vor den irren Schrullen des deutschen Diktators aus diesem Paradies würden fliehen müssen, machte ihn wütend. Er wollte etwas Nettes sagen, und er sagte: «Ich finde es sehr schön hier. Ich fände es herrlich, bei euch zu wohnen.»

Mutter und Tochter lachten darüber nicht, sondern sahen ihn mit ihren braunen und grünen Augen freundlich an. Die kleine Ria sagte: «Du bist jederzeit willkommen.»

Danach setzte sie sich an den Flügel und spielte eine träge, glucksende Melodie. Karel verspürte Lust, die Augen zu schließen. Als das Stück zu Ende war, dachte er: Das also ist die Musik, die man verachten muss, um Beethoven schön finden zu können. Doch ich verachte Beethoven, und ich finde, diese Musik ist die schönste, die ich je gehört habe. Er hätte nun leicht zerschmelzen können, doch er tat es nicht, ihm wurde zittrig warm,

als flössen Tränen nach innen. Es ist eine Bombe gefallen, dachte er, aber was sonst noch? Tschüs, Krieg,
sagte er zu sich selbst. In der Ferne hörte er einen Zug
über das Viadukt rattern. Plötzlich sagte er: «Wie spät ist
es?»

«Ich weiß es nicht genau», sagte Frau Mexocos gelangweilt, «so gegen sechs?» Doch wie sich zeigte, war
es bereits halb sieben.

«Ich muss los», sagte Karel, «wir essen schon um
sechs.» Er stand gehetzt und leichtfüßig auf. «Oh, der
Brief für Onkel Robert», sagte er.

«Den schreib ich dann eben morgen», sagte Frau
Mexocos, «ich kann jetzt sowieso nicht schreiben.
Könntest du morgen Nachmittag noch einmal vorbei-
kommen?»

«Ja, komm morgen Nachmittag vorbei», sagte die
kleine Ria, «dann machen wir einen Spaziergang.»

1
2
3

8

5
6
7

Der folgende Tag war ein Sonntag, ein unge-
9 wöhnlicher Sonntag, weil alle früh auf waren.
10 Karels Bruder hatte eine große Karte der Nie-
11 derlande und Nadeln mit Papierfähnchen ge-
12 kauft, zwanzig rot-weiß-blaue und zwanzig
mit Hakenkreuz. Er war immer noch nicht
zur Bürgerwehr einberufen worden und wollte
nun schon mal den Frontverlauf markieren. Er sagte:
«Ich muss ganz genau sehen können, wie weit sie sind.
Ich muss es mir genau vorstellen können.» Er studierte
die Morgenzeitungen, doch die Heeresberichte waren
so vage, dass er nicht recht wusste, was er mit seinen
Fähnchen machen sollte. Es kamen fast nie Ortsnamen
in den Heeresberichten vor. Er hatte die Karte auf dem
Tisch ausgebreitet, er und Vater beugten sich sorgenvoll
darüber und stützten sich dabei auf ihre Fingerknöchel,
als posierten sie für ein Foto: «Philip Lodewijk Robert
und sein Marschall Ruis im Hauptquartier. Auf diesen
Männern lastet jetzt eine schwere Aufgabe.»

Karels Mutter saß mit Cora Alide am Radio. Ein Pre-
diger sagte: «Ich bin eingesunken in bodenlosem Sumpf,

wo man nicht stehen kann, ich bin gelangt in die Tiefen der Wasser, und die Flut überströmt mich. Ich bin erschöpft von meinem Rufen, meine Kehle ist entzündet, meine Augen sind geschwächt.»

Karel dachte an die Soldaten, die nun an der IJssel-Linie im Schützengraben lagen. Überall erschallten Kirchenglocken. Um halb eins stand er auf. Er ging langsam zur Tür und sagte: «Ich geh ein bisschen Rad fahren.»

«Aufpassen, ja», sagte seine Mutter. «Komm nicht wieder so spät nach Hause wie gestern. Wir essen um halb sechs.»

Sein Vater sagte: «Viel Spaß, mein Junge.»

Cora Alide sagte: «Bestell ihr einen schönen Gruß. Ist sie nett?»

Karel holte pfeifend sein Fahrrad heraus. Jetzt sagen meine Eltern natürlich, was ist er doch eigentlich noch ein Kind, der Ernst der Lage entgeht ihm völlig, dachte er. Er grinste. Viel Spaß und Aufpassen. Wussten sie selbst überhaupt, was sie damit meinten? Er sah sie in ihrem aufgeräumten braunen Zimmer sitzen, ein Hotelzimmer, ihr Leben war ein Hotelzimmer zwischen zwei Kriegen. Was hatte er noch mit diesen Menschen gemein? Sie waren nicht groß und nicht klein, sie lebten von einem Einkommen, und sie waren noch nicht besonders alt, und sie litten. Aber warum litten sie? Ich esse ihr Brot mit Lachs aus der Konserve, dachte er, das schmeckt gut, doch unter ihren Händen entwickele ich mich weg, unsere Wege trennen sich. Ich liege in einem schaukelnden Boot zwischen den beiden Rias, ich liege totenstill. Ihre Augen sind grün und braun. Onkel Robert kommt mit Proviant. Eine unbewohnte Insel, und ich liege totenstill, und sie lassen mich leben, Sherry trinkend und Kroketten essend auf dem Grabstein des Diktators.

Karel radelte in mäßigem Tempo durch die autofreien Straßen, wo die Leute spazieren gingen und sich im Familienverband langweilten. Es gab nämlich keine Sportveranstaltungen, und die Züge fuhren unregelmäßig. Die Leute spazierten mit besorgten Gesichtern und Törtchenkartons, sie lasen Extrablätter und bewahrten ihr Silbergeld in der Gesäßtasche auf. Aus einer Kirche wogte Orgelmusik. Ein Organist jubelte aus vollem Herzen, dass er dem Herrn vertraute; die Orgeltöne grollten wie Bomber durch den Frühling, stiegen auf zu den Schäfchenwolken und suchten den Anlegesteg des Himmels.

Es war am Tag davor und die ganze Nacht in und über der Stadt vollkommen ruhig gewesen – es wurde zwar geflogen, doch geschossen wurde nicht mehr.

Demnächst würde die ganze Stadt vielleicht in Hurra-Rufe ausbrechen: «Hurra! Der Waffenstillstand wurde geschlossen, Deutschland ist besiegt, der Vertrag von Mill wurde bereits unterzeichnet, er wurde in einer alten Mühle unterzeichnet …» Doch die Stadt schwieg voller Angst, tat nur etwas großsprecherisch in den Kneipen und sagte: «Die Deutschen haben jetzt zwar

70

östlich von Arnheim die IJssel überschritten, aber die Franzosen und Engländer stehen schon in Brabant.»

An einem Blumenstand vor einem Krankenhaus kaufte er einen Strauß Margeriten. Sehr widerstandsfähig seien diese Blumen, sagte der Verkäufer, diese Blumen seien unempfindlich gegenüber Chloroformgeruch, sie seien speziell gezüchtet, um ihm zu widerstehen.

Die kleine Ria erwartete ihn bereits. Er überreichte ihr die Blumen, obwohl er sie lieber der Mutter gegeben hätte. Er drückte ihr die Blumen einfach in die Hand und lächelte ein wenig. Ria legte einen Finger an die Lippen und sagte mit leiser Stimme, ihre Mutter schlafe noch. Auf Zehenspitzen begaben sie sich in die Küche, füllten Wasser in eine Vase und stellten die Margeriten hinein. Ria hatte ihr Gesicht stark gepudert, es war mattweiß, und ihr Mund war purpurrot, ein Mund, um damit zu schreien. Aber sie flüsterte: «Ich werde die Blumen bei meiner Mutter hinstellen. Sie findet es schön, neben Blumen aufzuwachen. Willst du sie sehen?»

Sie schlichen zum Schlafzimmer der Mutter. Frau Mexocos lag einsam in dem großen Bett und schlief. Über dem Fußende lag der rote Badeanzug. Karel strich heimlich über die rote Wolle und betrachtete die Schlafende. Sie hatte das Gesicht in das Kissen gedrückt, als weinte sie. Aber sie weinte nicht. Sie atmete regelmäßig, und das Einzige, was floss, war ihr Haar. Sie lag ganz gerade ausgestreckt; alles, was wellig unter der dünnen Decke lag, musste wohl sehr gesund sein.

Ria stellte die Blumen auf eine Umzugskiste, die neben dem Bett stand. «Hübsch, nicht?», flüsterte sie.

«Ja», erwiderte Karel, der einen Augenblick lang dachte, sie meinte ihre Mutter.

Ria kramte in einem Schrank und nahm eine kleine silberne Kette heraus. Als sie wieder in der Küche waren, stellte sie ihren linken Fuß auf einen Stuhl und legte die Kette um ihr seidenes Fußgelenk. Ihre Schenkel begannen unmittelbar über ihren Knien. «Ich bin so weit, gehen wir?»

Es ist Pfingstsonntag, und der Herr K. Ruis geht mit seiner Verlobten spazieren, dachte er bedeutsam, aber er wusste nicht, was er sagen sollte. Daher sagte er: «Wo gehen wir hin?» Ria antwortete, sie wohnten erst seit Kurzem in dieser Gegend und sie kenne deshalb den Weg nicht. Sie gingen in Richtung Viadukt. «Du musst mir deinen Arm reichen», sagte Ria. Er gehorchte, und sie bemächtigte sich rasch seiner Hand. Das schwarze Mädchen war viel kleiner als Karel. Sie reichte ihm kaum bis zur Schulter. Die Kette um ihren Knöchel klimperte bei jedem Schritt.

Auf dem Viadukt ging ein Soldat auf und ab, das Gewehr geschultert. Er ging mit trägen Schritten an den Gleisen entlang und schaute auf die Menschen herab, die unter ihm vorbeispazierten.

«Schreibst du Gedichte?», fragte Ria.

«Nein», erwiderte Karel.

«Zeichnest du?», fragte sie.

«Nein», sagte er.

«Tanzt du, spielst du auf irgendwas?», fragte sie.

«Nein, nein. Ich mache überhaupt nichts», sagte er. «Ich geh noch zur Schule, ich mache nichts Besonderes.»

«Und dennoch finde ich dich nett?», fragte sie verwundert.

Danach fragte sie ihn nach seinem Alter. «Siebzehn», sagte er. «Ich bin erst sechzehn», sagte sie, «aber Mädchen sind immer viel früher reif als Jungen. Ich bin schon eine Frau», sagte sie, «ich bin es schon seit zwei Jahren.»

Sie hatten die Schrebergärten hinter sich gelassen. Sie gingen an einer Mülldeponie vorbei und gelangten zu einem Kohlfeld, das schier endlos zu sein schien. Ria führte ihn auf die Böschung neben dem Weg. Sie setzten sich, zündeten sich eine Zigarette an. Ria legte sich mit geschlossenen Augen rücklings ins Gras, die Hände unter dem Kopf. Aus den Armlöchern ihrer Bluse kräuselten schwarze Härchen. Karel betrachtete sie.

«Ich fände es blöd, wenn wir hier wieder wegmüssten», sagte sie seufzend. «Ständig dieses Reisen. Ich habe in Prag gewohnt und in Paris. Paris ist schön», sagte sie. «Die Franzosen hassen die Deutschen wie die Pest. Aber sie kämpfen nicht gern. Sie mögen schöne Uniformen, und sie sind schnell wütend, aber kämpfen, das mögen sie gar nicht. Denkst du, die Deutschen würden uns misshandeln?»

Ihr Gesicht war regungslos und weiß inmitten der Grashalme, nur ihre Wimpern bewegten sich. Eine Jungfer im Grünen. Er sagte: «Natürlich nicht, denn die Deutschen kommen niemals bis hier. Du solltest nicht alle Gerüchte glauben.»

«Aber wenn sie nun doch kommen?», sagte sie. Doch sie wartete nicht auf eine Antwort und setzte sich aufrecht hin. Sie fragte: «Warum hast du gesagt, du möchtest bei uns wohnen?»

«Es ist schön bei euch», sagte Karel. «Bei uns zu Hause ist es abscheulich. Meine Eltern lieben einander nicht.»

«Möchtest du mir einen Kuss geben?», fragte sie. Sie kniff die Augen zu und warf ihre Zigarette weg. Er gab ihr den Kuss. Ihre Münder scheuerten übereinander. Er schmiegte sich vorsichtig an sie. Er war jetzt doch glücklich. Sie war jetzt seine Freundin. Er streichelte behutsam ihren Arm.

«Wenn wir fliehen müssen», sagte Ria, «dann musst du mit uns kommen. Warum solltest du nicht mitgehen, wenn es bei dir zu Hause abscheulich ist?»

«Ja», sagte er, «warum nicht? Fände deine Mutter es gut, wenn ich mitginge?»

«Natürlich», sagte sie, «sie findet alles gut, worum ich sie bitte.»

«Das ist bequem», sagte er.

«Küss mich noch einmal», sagte sie. Er tat es. Er fing an, ihr Gesicht zu streicheln. Der Puder blieb an seiner verschwitzten Hand kleben. «Ich liebe dich», sagte er piepsend. Danach lagen sie still nebeneinander. Er hielt ihre Hand mit einem bewegungslosen Griff, als hielte er ein Stück Papier fest. Plötzlich sagte er: «Wie steht ihr zu meinem Onkel Robert?»

Das Mädchen richtete sich halb auf. Sie seufzte laut. «Ach», sagte sie, «ein Bekannter, ein ganz normaler Bekannter. Er ist nett. Meine Mutter mag ihn sehr. Er gibt mir Klavierunterricht. Er macht aus mir eine große Pianistin, hat er gesagt.»

Frau Mexocos war gerade aufgestanden, als sie nach Hause kamen. Sie küsste erst ihre Tochter und dann Karel. Sie hatte einen feuchten, elastischen Mund. «Du musst deine Lippen ein wenig nachfärben», sagte sie zu Ria. Sie flatterte herum in einem russischen Pyjama. Sie hatte sich eine Margerite hinter das rechte Ohr geklemmt. Die Fenster standen weit offen. Karel ging zum Fenster und schaute nach draußen. Die kleine Ria stellte sich neben ihn und drückte ihm sanft und unaufhörlich in die Seite. Ihre Mutter machte hinter ihrem Rücken rauschende Tanzschritte. In der Ferne sah er das Viadukt, und darauf ging ein Männlein mit Gewehr. Ria war eine Katze, die ihren Kopf an ihm rieb. Ein warmes Tier zum Streicheln. Vom Krieg war nichts übrig geblieben als eine Silhouette in der Ferne, die mit der Dunkelheit vollkommen verschwunden sein würde.

Doch als es schließlich dunkel war, krochen die Suchlichter wieder müde am Himmel entlang, und er saß im Wohnzimmer seiner Eltern. Aber morgen, dachte er, morgen … Bevor er ging, hatte die große Ria gesagt: «Ach, Karel, ich bereite dir Mühe, vergib mir, dass ich noch immer keinen Brief geschrieben habe. Aber es hat so wenig Sinn, jetzt etwas zu schreiben. Alles ist so unsicher. Wenn ich schreibe, möchte ich etwas Definitives schreiben. Und das kann ich jetzt noch nicht … Bis morgen?»

Im Bett dachte er schläfrig, nein, kein Friede, sollen die Deutschen notfalls doch bis hierher kommen, dann müssen die Rias fliehen, und ich fliehe mit ihnen, warum sollte ich nicht mit ihnen gehen, ich sage zu Hause nichts davon, ich laufe weg, ein neues Leben in Amerika, California (USA), Sun-Maid, weiße Telefone …

1
2
3
4
5
6
7
8
10
11
12

9

Seine Mutter weckte ihn um halb elf, um ihm zu sagen, da sei ein Anruf für ihn. Er sprang in seine Hose und rannte nach unten.

«Hallo?», sagte er.

«Karel», sagte Frau Mexocos, «wir fahren heute Nachmittag nach England. Komm sofort her.»

«Ja», sagte er, und noch einmal: «Ja, ich komme sofort.»

«Wer war das?», fragte sein Vater.

«Niemand», erwiderte er, «ein Bekannter.»

Er setzte sich hin und kratzte sich unter der Pyjamajacke. Es herrschte wieder schönes Wetter. Sein Bruder saß mit Oberhemd auf dem Balkon. Er war noch immer nicht einberufen worden. Man hätte meinen können, es sei August. Sein Vater sagte: «Die Scheißdeutschen haben die Langstraat erreicht.»

«Welche Straße?», fragte er und sprang auf.

«Die Langstraat in Brabant», sagte sein Vater.

Karel ging nach oben, um sich anzuziehen. Er hüpfte wie ein Kind von Stufe zu Stufe. Seine Mutter rief ihn zurück. Sie stand in der Küche, sein Oberhemd in der Hand.

«Was ist das?», fragte sie und tippte auf einen purpurroten Fleck auf dem Kragen.

«Nichts, gar nichts», erwiderte er unwillig, «rote Tinte, Farbe, woher soll ich das wissen.»

«Ja, ja, rote Tinte, die nach Parfüm stinkt», sagte seine Mutter und schnüffelte an dem Fleck. «Du machst mir nichts vor. Das ist Schminke, Lippenstift ist das. Mit wem triffst du dich? Glaubst du, ich hätte nicht gemerkt, dass du einen Kilometer gegen den Wind nach Alkohol gestunken hast, als du neulich heimkamst? Wo bist du die letzten Tage gewesen?»

«Nirgendwo», erwiderte Karel, der an diesem Morgen nur mit Dementis antworten zu können schien. «Was geht dich das an? Kümmere dich in Gottes Namen um deinen eigenen Kram. Es gibt im Augenblick wahrhaftig andere Dinge, über die man sich aufregen kann.»

Er schaute mitten durch die wütende Frau hindurch. Dieser Krieg war offenbar doch zu etwas gut. Er hatte sich Krieg gewünscht, sein Wunsch war erhört worden, und die große Wende in seinem Leben stand vor der Tür. Er drehte sich achselzuckend um und verließ pfeifend die Küche.

Er zog sich rasch an und schaute sich in seinem Zimmer um. Seine Bücher, seine Schulagenda, der *Lesende Titus* über seinem Bett, das Detektorradio? «Es sei euch alles geschenkt», sagte er, «adieu.» Ein Taschenmesser steckte er ein. Er zog ein Heft hinter den Büchern hervor und öffnete es. Vorne im Heft stand in seiner Handschrift: «Unruhiges Menschenherz, ein Tyrann bist du! Caesar Gezelle». Auf der nächsten Seite las er: «Es erscheint mir, jetzt, da ich älter werde und das Leben auf mich einstürmt, notwendig, ein Tagebuch zu führen. Ich habe mich zum ersten Mal in meinem Leben verliebt. Gestern, als ich mit Bolle Schlittschuh lief, habe ich sie getroffen. Ich lief zwei Bahnen mit ihr.»

Karel Ruis grinste hochmütig. Vor nicht einmal zwei Jahren. Ein sommersprossiges Mädchen, das ständig davon sprach, Krankenschwester zu werden. Er riss das Heft in kleine Schnipsel. Dann suchte er im Kleiderschrank und holte aus einem Hockeyschuh ein steif gefaltetes Exemplar von *La Vie Parisienne* hervor. Auch das zerriss er. Die Schnipsel warf er in die Toilette. Während er abspülte, sagte er zu sich selbst: Das geht sie nichts an, den Rest schenke ich ihnen, aber das geht sie nichts an. Ohne noch einen Blick in sein Zimmer zu werfen, ging er ins Wohnzimmer.

Offenbar hatte man bereits gefrühstückt, denn auf einer Serviette stand sein Frühstück bereit. «Was erfahre ich von deiner Mutter?», sagte sein Vater in ernstem Ton. Sein Vater nahm ihm gegenüber Platz. Er war ein Mann mittleren Alters, der eine lustlose Miene machte, weil er sich im Auftrag seiner Frau mit seinem jüngsten Sohn über die Fehltritte der Pubertät unterhalten musste.

«Ich habe gehört, an deinem Hemd ist Rouge, und ich wollte dich fragen, wie das dahin kommt. Wo bist du die letzten Tage gewesen?»

Karel steckte ein Stück Brot in den Mund und kaute. Er war vollkommen ruhig. Bald kriegst du ein Telegramm aus London, dachte er.

«Bist du etwa bei Frauen gewesen?», fragte sein Vater. Aufgemerkt, dachte Karel, er benutzt die Mehrzahl. Er meint natürlich käufliche Frauen, aber das traut er sich nicht, zu sagen. Nur schlechte Frauen verwenden Rouge, denkt er. Er hinkt hundert Jahre hinterher. Hat er denn nie bemerkt, dass seine eigene Tochter Lippenstift benutzt? Nein, er bemerkt nichts. Mutter sprach vom Oberhemd, doch er verstand natürlich «Hemd», das Kleidungsstück, das nah bei der Nacktheit liegt.

Sein Vater sah ihn durchdringend an: ein Dompteur, der seinen Löwen zu einem merkwürdigen Kunststück zwingen will. «Ich bin dein Vater», sagte er, «und ich habe ein Recht auf eine Antwort.»

Sein Sohn stand auf. Dich mach ich fertig, dachte er. Er formulierte schnell ein paar Sätze und sagte dann feierlich: «Ja, so ist es mir zumindest berichtet worden, dass du mein Vater bist. Aber manchmal zweifle ich durchaus daran. Auf jeden Fall aber bedaure ich es zutiefst.» Daraufhin verließ er mit angespanntem Nacken das Zimmer. Rasch nahm er seinen Regenmantel von der Garderobe und rannte die Treppe hinunter. Die Haustür fiel ins Schloss. Er stieg gemächlich auf sein

80

Fahrrad. Er war davon überzeugt, dass sein Vater ihm hinterhersah, machtlos und betrübt, während seine Frau ihn mit Vorwürfen überhäufte.

10

Frau Mexocos öffnete ihm, mit einem Spiegel in der Hand. Im Flur standen Koffer. «Gott sei Dank», sagte sie, «ich hätte sonst nicht gewusst, was ich tun soll! Ich kann doch nicht fortgehen, ohne deinem Onkel geschrieben zu haben. Er wird sich schon jetzt schreckliche Sorgen machen. Wo ist der Brief nur? Meinst du, du könntest ihm den Brief noch heute bringen? Oder wäre das gefährlich? Es ist sehr nett von dir, dass du das tun willst. Ich habe über Beziehungen gerade noch zwei Plätze auf dem Schiff kriegen können. Es ist rappelvoll. Alle wollen weg. Um vier fahren wir los, und es ist jetzt bereits halb zwölf. Es steht nun wohl fest, dass es hier kein gutes Ende nimmt. Wo habe ich den Brief nur gelassen? Ria, hast du den Brief gesehen? Oh, hier ist er.»

Frau Mexocos sah müde aus. Ihr Gesicht war nur halb zurechtgemacht. Sie war normal gekleidet, mit Strümpfen und Schuhen und einem Kostüm. «Kriegen wir vielleicht schlechtes Wetter?», fragte sie, auf seinen Regenmantel deutend. «Oh ja, hier ist unser Hausschlüssel. Würdest du den auch deinem Onkel geben?»

Karel nickte und ging kreuz und quer durchs Zimmer. Onkel Robert sah ihn aus seinem schwarzen Rahmen hochmütig an. Auf dem Viadukt ging der kleine Soldat hin und her. Karel schaute hinauf zum hellblauen Himmel. Aber es fiel keine Bombe, nicht einmal Regen. Nichts fiel. Seine Hände wurden feucht. Sein Fahrrad stand unten. Dort war die Tür. In der Tasche schnippte er das Taschenmesser auf und zu. Ich geh dann mal, dachte er. «Ich geh dann mal», sagte er. Aber Frau Mexocos war nicht mehr im Zimmer. Karel musste lachen. Er schlug einen Ton auf dem Klavier an und dann noch einen. *Ping, ping*. Spielst du auf irgendwas? Nein, ich geh noch zur Schule, ich mache nichts Besonderes.

«Karel? Ist Karel da?» Es war die Stimme der kleinen Ria. Er ging in den Flur. Hinter einer Tür mit erleuchtetem Oberlicht rauschte eine Dusche. «Bist du da, Karel? Hallo, Karel. Gehst du schon wieder?» Er stand hilflos vor der Tür. Die Tür öffnete sich einen Spaltbreit. Ein Knopflochauge, eine nasse Nase und eine glänzende blaue Badehaube. Der Dampf quoll in den Flur, als wäre er Gas, und sein Kopf begann zu wummern.

«Ich geh dann mal, ich geh dann mal», sagte er. «Aber wir fahren nachher nach England», sagte Ria. «Wir müssen richtig Abschied nehmen. Willst du mir einen Abschiedskuss geben?» Er beugte sich vor. «Ich finde es wirklich sehr schlimm, wegzugehen», sagte sie. Sie stand halb im Flur. Er schaute ihr starr ins Gesicht. Ihre Stirn war rosafarben, und sie hatte dicke rote Wangen. Sie war ein Mädchen, ein dampfendes Mädchen, das ihn in die Duschkabine zog. Sie schloss die Tür. Das Wasser prasselte auf seinen Regenmantel. Die kleine Ria klammerte sich an ihn. Sie schaute zu ihm auf, mit einem sehr fraulichen Blick. «Ich liebe dich, Karel, ich werde dich nie vergessen.»

Er legte seine nassen Hände auf ihre nassen, kugelrunden, kleinen Brüste. Ihre Schenkel begannen gleich oberhalb der Knie. Ein sehr großer Nabel in einem kleinen, leicht gewölbten Bauch. Und die Dusche strömte weiter. Warum stellt sie das Ding nicht aus, dachte er. Meine Füße baden in den Schuhen, meine Haare werden klatschnass. Aber der Brief bleibt knochentrocken, steckt knochentrocken in der Innentasche. Ich schlage den Kragen hoch. Es stürmt und regnet. Sie ist keine schlechte Frau, der ganze Lippenstift ist weggespült. «Hier», sagte Ria und hakte die kleine Kette von ihrem Fußgelenk und gab sie ihm. Ihre Lippen sogen sich an seinen fest. Was sieht sie in mir? Womit hab ich das verdient? Was habe ich davon? Bald ist es vorbei. «Tschüs, liebste Ria.» «Ich komme bald wieder.» «Ja», doch jetzt werd ich wirklich zu nass. Warum sagt sie jetzt nicht: Warum fährst du denn nicht mit? Jetzt, da sie sagt, dass sie mich liebt? Warum sagt sie nicht: Ich flehe dich an, geh mit. Verlass mich nicht! Sie ist schon seit zwei Jahren eine Frau. Sie sagt: «Ich geh nachher zum Viadukt und werd dir zuwinken, wenn du vorbeifährst.»

Karel stand im Flur, befremdet und betrübt. Seine

84

schöne Hose hatte keine Bügelfalte mehr. Das Wasser triefte über sein Gesicht, ein Weinkrampf aus seinen Haaren. Sein Taschentuch war im Nu durchweicht. Auf allen vier Treppen hinterließ er eine Spur. Draußen wirbelte ein gemächlicher Wind den Sand auf. Er kämmte sich die Haare und zog den Regenmantel aus. Er fuhr unter dem Viadukt hindurch, vorbei an den Schrebergärten und der Mülldeponie, bis hin zum Kohlfeld. Er stieg ab und setzte sich auf die Böschung. Es war dieselbe Stelle, an der er tags zuvor mit Ria gesessen hatte. An seinen Füßen lag die halb aufgerauchte Zigarette, die sie weggeworfen hatte, bevor er sie küsste. Die Sonne schmiegte sich in seine Kleider. Er hatte keine Zigaretten dabei. Vorsichtig steckte er sich Rias Kippe in den Mund. Das Mundstück war purpurrot und schmeckte süß. Er rauchte mit raschen Zügen. Zum ersten Mal im Leben war er sich bewusst, dass Rauchen ihm wirklich guttat. Er sah ein, dass es lächerlich wäre, jetzt zu weinen, doch seine Kehle schwoll an, als er dachte: Just dann, wenn ich jemanden liebe, geht sie weg. Und ich bleibe einsam mit meinem Kummer zurück. Er fluchte. Aber fluchen half auch nicht. Das Einzige, was in diesem Moment half, war die Sonne. Nach einer Stunde war er nahezu getrocknet. Er legte sich die silberne Kette um den Hals und knöpfte sein Hemd wieder zu.

Er fuhr direkt zum Stadtteilbahnhof, der vollkommen verlassen war. In der Halle war das Werbeplakat

KÖLN, DIE PERLE AM RHEIN halb von der Wand gerissen. Überall auf den Fliesen lagen Fetzen. Karel trat darauf. Nur ein Schalter war geöffnet. Der Beamte las die Zeitschrift *De Prins der Geillustreerde Bladen*. «Es fährt erst heute Abend um acht wieder ein Zug», sagte er. «Und dann wieder morgen früh um fünf. Aber es kann natürlich noch alles Mögliche dazwischenkommen.»

Auf der Bahnhofsuhr war es exakt ein Uhr. In sieben Stunden würde der Zug fahren. «Wenn er denn fährt», sagte der Beamte. Und in drei Stunden würde das Schiff ablegen. Ich könnte mit dem Fahrrad fahren, dachte er. Aber es sind mindestens vierzig Kilometer. Unentschlossen fuhr er zwischen den gelben Häuserblocks herum. Ob Ria wirklich beim Viadukt stand? Was kümmert es mich, dachte er. Aber er fuhr dennoch in Richtung Viadukt; sie war nirgends zu entdecken. Sie ist natürlich schon auf dem Weg zum Schiff. Noch heute Abend ist sie in England. Und sonst? Warum hätten sie mich mitnehmen sollen? Warum hätten sie jemanden mitnehmen sollen, den sie kaum drei Tage kannten? Alles geht einfach weiter, auch der Krieg. Ich überbringe den Brief. Mit dem Brief haben die ganzen Unannehmlichkeiten angefangen. Ich vergess die Rias einfach. Ich bring den Brief zu Onkel Robert, der zu mir gesagt hat: «Ich kann mich also auf dich verlassen, ganz gleich, was geschieht?» Es ist inzwischen eine ganze Menge geschehen, aber er kann sich auf mich verlassen. Vorläufig kann ich sowieso nicht nach Hause zurück. Dort wird man nun wohl vol-

86

ler Angst sein. Nun denn, das werden sie überstehen. Mir wird man, wenn ich morgen heimkomme, eine Gardinenpredigt halten, die sich gewaschen hat, aber man wird mich nicht umbringen. Das alles ist mir so was von scheißegal.

Er fuhr ziellos herum, ständig an die kleine Ria denkend. Weinen ist kein Ausweg. Fluchen auch nicht. Zetern ist keiner. Schimpfwörter rufen ist keiner. Nichts bietet einen Ausweg. Denn es gibt keinen Ausweg. Die Welt dreht sich weiter. Die deutschen Panzer rollen weiter. *Vorwärts*, über die Moerdijkbrücke. Und rückwärts und *vorwärts*.

Er bemerkte, dass er allmählich Hunger bekam, und kaufte an einem Süßwarenkarren ein rautenförmiges, mit Schokolade überzogenes Stück Nougat und zwei Rosinenbrötchen mit orangefarbener Glasur. Dafür musste er den Zehner von Onkel Robert anbrechen. Er beschloss, ins Kino zu gehen. Auf dem Weg in die Innenstadt schaute er nach den Frauen und Mädchen, an denen er vorbeifuhr, doch sie reichten alle nicht an Ria und ihre Mutter heran.

Die getrocknete Wolle seiner Jacke dünstete nun einen Kampfergeruch aus. Er sah seine Mutter vor der großen, grünen Kiste knien, in der sie die Winter- oder Sommersachen mottensicher aufbewahrte, ein ungesunder, kräftiger Geruch steigt aus der Kiste auf. Alles sollte unverändert bleiben. Morgen die Versöhnungsszene. Und danach? Er trat verbissen in die Pedale.

Wie sich zeigte, waren alle Kinos geschlossen. Karel stützte sich auf sein Fahrrad und betrachtete die Plakate. *Das Recht des Stärkeren* hieß der Film. Bilder von Cowboys zu Pferd oder in einem Saloon, an die Theke gelehnt oder an eine blonde Frau, die Strümpfe mit großen Maschen trug und auffallend nah beieinanderstehende Augen hatte. Vor dem UFA-Theater standen links und rechts vom Eingang, der mit einem Gitter verschlossen war, zwei Männer der Bürgerwehr. Regungslos und förmlich standen sie da, als hielten sie Wache vor einem königlichen Palast. Ab und zu fühlte er an der Kette unter seinem Hemd. Das zumindest war ihm geblieben.

Er zog eine Packung Zigaretten aus einem Automaten. Er kaufte eine illustrierte französische Zeitschrift und blätterte sie auf einer Bank im Stadtpark durch. Er rauchte eine Zigarette nach der anderen. «Charles Trenet, der weltberühmte singende Komiker, hat an der Maginotlinie für unsre Jungs gesungen.» Es stimmte ihn zufrieden, dass er dies übersetzen konnte. Es standen darin auch Fotos von Kriegshandlungen an der Rheinfront, Kriegshandlungen von vor einer Woche. Eine Gruppe Infanteristen, die sich lachend um ein paar deutsche Landminen geschart haben; auf einem Schild steht: DANGER DE MORT. Ein nach einem Bombenangriff eingestürztes Haus in einem Dorf: Drei Frauen und vier Kinder kamen dabei um; die Männer waren bei der Arbeit auf dem Feld; welch eine Heimkehr! Welch ein trauriger Tag! Die Vorstellungen im Casino de Paris sind an die Kriegssituation angepasst worden; daneben ein Foto einer nackten Frau mit Helm auf dem Kopf und einer Gasmaske um, auf ihren Pobacken steht geschrieben: «Nous continuons».

Die Welt dreht sich weiter. Millionen Menschen lebten, ohne Karel Ruis und seine Probleme zu kennen. Sie lebten vergnügt oder kamen an einem traurigen Tag ums Leben. Den Park gab es noch immer. Der Park war voller Menschen in leichter Kleidung. Sie gingen an ihm vorüber, ohne einen Blick auf ihn zu werfen. Manche hatten Leinentäschchen oder Metallköcher dabei, umgehängt wie einen Fotoapparat, aber mit einer Gasmaske darin. Die Enten quakten die Kinder an, die kamen, um sie mit Brot zu füttern. Die Schwäne waren ebenso hochmütig wie tags zuvor. Die warme Sonne schien unvermindert weiter, als habe sie Freude an der Erde. Es fiel kein Schuss. Es wurde halb drei. Ein Blinder kam auf einem Wägelchen vorbei, vorwärtsgeschoben von einem Mädchen mit widerspenstigem Haar. Es wurde drei Uhr. In Frankreich wurde der erste Verdunklungspapierkönig entdeckt. Er ist dreiundvierzig Jahre alt und war vor einem Jahr noch ein kleiner Hersteller von Packpapier in der Provinz; sein Sohn ist Offizier bei der Luftwaffe. Halb vier. Jetzt sind die Rias bereits in ihrer Kabine. Die kleine Ria kämmt ihr Haar mit der metallenen Bürste und schminkt die Lippen nach. Das Schiff ist bereit zum Ablegen. Es ist voll besetzt mit

Flüchtlingen, eine Art Emigrantendampfer. Das Schiff ist pickepacke voll, nicht einmal für Karel Ruis wäre noch Platz gewesen. Er sitzt jetzt im Stadtpark, er kann mindestens drei Kirchturmuhren schlagen hören, manchmal denkt er, er könne sie sogar ticken hören. Vier Uhr schlagen die Glocken. Das Schiff legt ab. Aber wäre denn wirklich kein einziges bisschen Platz mehr gewesen? In einem Rettungsboot, in einer Toilette, im Laderaum, wo die Kohlen gebunkert werden? Zu spät, zu spät. Das Schiff fährt zwischen den Landungsbrücken hindurch. Ria steht an der Reling und winkt. Aber sie winkt niemandem zu. Warum habe ich nicht zu ihrer Mutter gesagt: In Gottes Namen, nimm mich mit! Warum habe ich sie nicht angefleht, mich mitzunehmen? Warum habe ich nicht geweint, warum bin ich nicht händeringend auf die Knie gefallen und habe ihre selbst entworfenen Schuhe geküsst? Warum nicht? Ich hab nichts gemacht, ich habe wie ein Idiot mit Kleidern unter der Dusche gestanden. Ich war gerührt von einem solchen Abschied: Ich werde dich nie vergessen, ich komme bald wieder … Ja, aber ihrer Mutter habe ich nicht einmal Auf Wiedersehen gesagt, ich bin weggegangen wie ein Kind. Es ist meine eigene Schuld. Sie werden gedacht haben: Er will nicht einmal! Ich bin zurückgeblieben, hinter der Holländischen Wasserlinie in die Enge getrieben.

In ihm kam das heftige Verlangen auf, jemanden an seiner Verwirrung teilhaben zu lassen, das heftige Verlangen nach seinem Onkel Robert. Auch Onkel Robert hatte ein Geheimnis, auch er fürchtete, dass sein Glück in Gefahr sein könnte. Hatten sie nicht beide ihre Geliebte verloren, waren sie nicht Schicksalsgenossen? Karel Ruis sprang auf, pfefferte die illustrierte Zeitschrift zwischen die Sträucher. In seiner Tasche klimperte Frau Mexocos' Schlüssel. Eine große Freude übermannte ihn. Ich gehe zu ihrer Wohnung, dachte er, ich werde in ihren Räumen wohnen. Ich bleibe einige Tage. Ich werde in dem großen Bett schlafen, unter ihren Decken, zwischen ihren Laken, in ihren Pyjamas. Ich schlage Töne auf ihrem Klavier an. Die Reiter jagen durch den Schneesturm. Ich schaue mir Onkel Roberts Lappenporträt an. Das Zimmer ist weiß. Ich trinke Sherry. Ich rieche den Duft von Eau de Cologne. Ich dusche, wasche mich mit ihrer Seife. Ich öffne die Fenster und lasse es Abend werden, sodass das Viadukt im Dunkel versinkt. Ich mache kein Licht an, sondern sitze vor dem Fenster, und alles um mich herum ist von ihr.

Das Fahrrad mit der Hand führend, rannte er auf dem Spazierweg gegen den Menschenstrom zum Ausgang des Parks. Eine Stimme rief: «Karel, komm mal her!» Er erschrak und wollte aufs Rad springen, konnte aber nicht, denn hinter ihm waren Leute und vor ihm waren Leute, und er blieb stehen, wie ein in die Enge getriebener Hase.

Sein Vater spazierte gemächlich auf ihn zu. Er ging mit den Händen auf dem Rücken, und in den Händen hielt er waagerecht einen Spazierstock. Er trug einen grünen Hut und einen grünen Mantel. Er spazierte mit bedächtigen Schritten in der Frühlingssonne durch den Park, die Tulpenbeete betrachtend, an den Krieg denkend, ein ruhiger Mann am zweiten Pfingsttag, jedoch innerlich zerrissen. Und plötzlich sah er seinen verlorenen Sohn und rief: «Karel, komm mal her!» Er blieb vor Karel stehen und sagte freundlich: «Na, mein Sohn.» Der Sohn schwieg. «Komm», sagte sein Vater, «wir gehen ein Stück.» Er nahm den Jungen freundschaftlich beim Arm und führte ihn zurück in den Park.

Sie gingen schweigend, der Vater und der Sohn. Als sie zu dem kleinen Café gelangten, sagte der Vater: «Komm, wir ruhen uns kurz aus.» Karel stellte sein Rad an einen Baum. Sie nahmen auf der stillen Terrasse Platz. Karel saß seinem Vater gegenüber. «Zwei Bier!», rief der Vater. Der Kellner brachte zwei Bier. «Prost!», sagte der Vater. «Prost!», sagte der Sohn. Sie tranken das eiskalte Bier und leckten ihre Lippen ab. Bier war bitterer als Sherry. «Rauchen?», fragte der Vater. «Gern», sagte der Sohn. Sie rauchten. Es schlug fünf Uhr. Der Vater klopfte mit dem Spazierstock auf die Fliesen. «Es ist schwierig in Kriegszeiten», sagte er.

«Ja», sagte Karel.

«Alle Menschen sind aus dem gewohnten Gleis geraten», sagte der Vater.

«Ja», sagte Karel.

«Wir sollten in diesen Tagen einander nicht entgegenarbeiten», sagte der Vater.

«Nein», sagte Karel.

«Wir sollten», sagte der Vater, «insbesondere in diesen Tagen, verstehen, dass wir zusammengehören.»

«Ja», sagte Karel.

Danach sagten sie eine Zeit lang nichts mehr. Sie tranken ihr Bier und rauchten.

Dann sagte der Vater: «Wenn die Menschen überall auf der Welt einander besser verstanden hätten, dann würden wir jetzt nicht in Unannehmlichkeiten stecken.»

«Es hat immer Krieg gegeben», sagte Karel.

«Ja», sagte der Vater.

«Die Menschen haben einander nie verstanden», sagte Karel.

«Nein, nie», sagte der Vater.

Sie schwiegen wieder. Sie tranken ihr Bier und rauchten. Als das Bier ausgetrunken war, spazierten sie weiter. Der Vater ein wenig krumm, Karel das Rad schiebend. Sie spazierten an einer kleinen Weide mitten im Park entlang, auf der Kühe grasten. Die Sonne glitzerte zwischen den Bäumen, und ein Bauer, ein ganz gewöhnlicher Bauer im blauen Kittel und mit Holzschuhen, kam auf einem Wagen angefahren, um die Kühe zu melken. Die beiden blieben stehen und schauten. Die Milch spritzte in die Eimer. Es war mitten in der Stadt. Wenn nicht Krieg gewesen wäre, hätten sie das Klingeln der Straßenbahnen hören können. Doch es fuhren keine Straßenbahnen, um Kohlen einzusparen.

«Komm», sagte der Vater, «schauen wir mal, was Mutter Leckeres zusammengebraut hat.»

Sie gingen nach Hause. Als sie in die Wohnung kamen, schlug es achtzehn Uhr.

11

Es wurde halb sechs, ehe der Zug in den Bahnhof dampfte. Mehr als eine Stunde davor war
es bereits proppenvoll auf dem Bahnsteig. Die
Sonne war gerade erst aufgegangen. Alles war
grau. Karel hatte gedacht, hier bestimmt irgendwo einen Mann mit Kaffee und Broten
zu finden, doch er sah keinen. Er ging kräftig
auftretend auf den Betonplatten hin und her und dachte:
Der Himmel stürzt ein, wenn sie nachher mein leeres
Bett finden, doch wenn alles einigermaßen klappt, kann
ich zum Kaffee wieder zu Hause sein. Er beschloss, vorläufig lieber nicht mehr daran zu denken. Er fragte sich,
warum all diese Menschen verreisen mussten. In seiner
Nähe stand eine Frau, die ein Kopftuch trug. Sie erzählte, sie wolle ihren Sohn besuchen. Ihr Sohn war Soldat. Und sie hatte schon eine ganze Woche nichts von
ihm gehört. Sie hatte eine Tasche mit Kuchen und eine
neue Pfeife dabei. Die Frau sprach in aufgewecktem
Ton. Sie zeigte allen Umstehenden die Pfeife und sagte:
«Eine echte Shagpfeife», und machte Witze über die
Deutschen. Doch niemand hörte ihr zu. Der Zug fuhr

95

ein, und alle begannen zu drängeln. Es war ein Dampfzug, der sich gravitätisch am Bahnsteig entlangschob.

Plötzlich erklang Chorgesang, der wie in der Kirche von der Überdachung widerhallte. Harte deutsche Stimmen sangen ein Kampflied. Eine wogende Bewegung kam in die Menge. In einem der Güterwaggons am Ende des Zugs saß eine Gruppe Kriegsgefangener, Fallschirmjäger, die man hinter der Front gefasst hatte. Karel ging hin, um sie sich anzusehen. Die Deutschen waren in graue Uniformen gekleidet und trugen manchmal Lederwesten. Sie sangen: «Blonde Mädchen, die küsst man auf den Mund, ja, auf den roten, rosenroten Mund.» Nachdem die Bewacher ihnen befohlen hatten, den Mund zu halten, hörten sie bereitwillig, aber lachend auf. Sie lehnten sich aus der aufgeschobenen Waggontür und riefen ab und zu etwas, wenn ein Mädchen vorbeikam. Niemand schien richtig zu begreifen, wohin diese Männer gebracht wurden.

Es handelte sich um einen altmodischen Zug mit hohen Trittbrettern. Karel konnte nirgendwo einen Sitzplatz finden und stieg schließlich in ein willkürliches Abteil, das ihm nicht allzu voll zu sein schien. Es war sechs Uhr, als sich der Zug bald darauf in Bewegung setzte. Niemand schien Lust zum Reden zu haben. Die Mitfahrenden schauten schläfrig vor sich hin und ließen ihre Zigaretten zwischen den Fingern verglühen. Manche dösten mit verschlossenen, grauen Gesichtern, aufrecht an die unbequeme Sitzbank gelehnt.

Karel wurde mit der Zeit warm. Die Sonne färbte den Hafen rot. Die Kräne ragten arbeitslos in den Himmel, und nirgends war auch nur ein einziges Schiff zu sehen. Der Zug rollte sehr langsam, man hätte bequem neben ihm herlaufen können. Nach einer halben Stunde fuhren sie immer noch zwischen den Häusern. Plötzlich hielt der Zug an. Genau an dem Viadukt, das man aus Frau Mexocos' Fenster sehen konnte. Auf dem Schotter im Gleis marschierten Soldaten, die einander Dinge zuriefen. Manchmal waren Wortfetzen zu hören, knarzend und unpersönlich, wie Stimmen im Kino. Ansonsten war es still. Die Lokomotive ruckelte sanft, doch das war eher spürbar, als dass man es hören konnte. Die Menschen im Abteil gähnten, röchelten und änderten ihre Sitzposition. Karel drängelte sich zum Fenster. Die Stadt schien nicht erwachen zu können. Die gelben Häuserblöcke lagen unmenschlich und plump auf Mutter Erde. Er suchte die Fenster eines der großen Blöcke am Ende der Straße ab.

«Ist was zu sehen?», fragte ein Mann hinter ihm.

«Nein, nichts», antwortete Karel. Er sah den Rauch der Lokomotive träge den Bahndamm hinabfallen und auf der Straße im Sandstaub verwehen. Er drehte sich um.

«Wie soll das bloß werden?», sagte der Mann tonlos. Er war ein großer, knochiger Büroangestellter. «Wir werden langsam aber sicher aufgefressen. Jetzt haben sie bereits die Moerdijkbrücke überquert und alle östlichen

Provinzen besetzt. Es geht schief, hoffnungslos schief.»
Er schüttelte den Kopf. «Aufgefressen», sagte er noch
einmal. Niemand widersprach ihm.

«Das wird schon werden», sagte Karel. «Wenn die
Engländer erst einmal da sind.»

«Ja, die Engländer», sagte der Mann und schwieg.

Karel spürte, wie die Müdigkeit in seine Knie kroch.
Wenn ich nur erst einmal den Brief überbracht habe und
wieder zu Hause bin, dachte er. Wenn das nur geschafft
ist. Dann interessiert mich das alles nicht mehr so sehr.
Dann muss ich nicht mehr weglaufen und nicht mehr
lügen. Ich kann wieder ganz normal im Wohnzimmer
neben dem Radio sitzen, tagelang … Er spürte plötzlich
gar nicht mehr das Bedürfnis, seinem Onkel Robert gegenüber sein Herz auszuschütten.

Ein flauer Schmerz schwoll in seinen Lenden an, der
ihm Übelkeit bereitete. Er setzte sich auf den schmut-
zigen Boden, den Rücken an die Tür gelehnt. Gleich,
wenn wir wieder fahren, geht sie plötzlich auf, dachte
er. Und ich stürze rücklings in die Tiefe, unter die Räder.
Er ließ den Kopf auf die hochgezogenen Knie sinken.

Das träge Rattern über die Schienen rüttelte ihn aus
seinem Schlummer. Er richtete sich halb auf und sah,
dass sie zwischen überfluteten Wiesen hindurchfuhren.
Er fragte, wie spät es sei. Es war gegen zehn. Meine
Güte, wie lange habe ich geschlafen? Wie lange haben
wir stillgestanden? Wie lange sind wir schon wieder
unterwegs? Er hatte nicht den Mut, jemanden zu fragen.

Er blieb sitzen und zündete sich nach einigem Über-
legen eine Zigarette an. Gegen zehn – er war davon aus-
gegangen, um diese Zeit schon längst bei seinem Onkel
Robert zu sein. Er hatte sich zuvor einen Schlachtplan
zurechtgelegt. Er würde Onkel Robert, wegen Tante
Lies, nicht bei ihm zu Hause aufsuchen. Er wollte ihn
vom Bahnhofsrestaurant aus anrufen und versuchen,
dort ein Treffen mit ihm zu arrangieren. Dann würde er
mit demselben Zug wieder zurückfahren, denn weiter
kam der Zug jetzt sowieso nicht mehr.

Immer noch fuhren sie langsam, wenn auch schneller als zuvor. Auf beiden Seiten des Bahndamms stand
der Polder unter Wasser. Das Wasser war leicht gekräu-
selt, doch es schwamm nirgendwo ein Boot darauf,
dafür war es nicht tief genug. Auf jeden Fall, dachte er,
habe ich meine Aufgabe erfüllt. Onkel Robert und Frau
Mexocos können sich nicht über mich beklagen. Im
Übrigen kann sich niemand über mich beklagen. Meine
Eltern vielleicht? In dem Fall ist das Klagen wechselsei-
tig, und die Sache ist folglich wieder im Gleichgewicht.

Bei einem Zwischenhalt kaufte er sich einen Papp-
becher mit Kaffee und ein paar Brote. Jemand war aus-
gestiegen, sodass er sich nun zumindest auf eine Bank
setzen konnte. Es war elf Uhr. Wenn der Zug wie sonst
weiterfuhr, könnte er in einer halben Stunde da sein.
Doch es war deutlich nach eins, als er an dem umlaub-
ten, kleinen Bahnhof in Onkel Roberts Wohnort aus-
stieg. Es kam ihm so vor, als sei er Hunderte Kilometer

gereist. Er roch den würzigen Duft des Waldes und sah die freundlichen Blumen im Garten des Bahnhofsvorstehers. Es wimmelte hier vor Soldaten, der Wartesaal des Bahnhofs war als Behelfslazarett hergerichtet. Alle rannten durcheinander, und nur die Kriegsgefangenen taten nichts. Sie lehnten sich aus dem Viehwaggon und betrachteten mit fülligen, lachenden Gesichtern das hektische Treiben.

Wie sich zeigte, war gar nicht daran zu denken, dass er hier telefonieren konnte. Es lief anders, als er es sich vorgestellt hatte. Alles war bis jetzt anders gelaufen. Pläne machen war Unsinn, immer kam etwas dazwischen, und er musste von vorne anfangen.

Er ging ins Dorf. Er ging unter endlos hohen Buchen, die das ganze Dorf in ein schimmeliges Dämmerlicht tauchten. Im Schatten der Kirche stießen riesige Kanonen arbeitslos in Richtung Laub. In grün gespritzten Lastwagen lagen Soldaten und schliefen, Tücher auf dem Gesicht, die Helme auf dem Bauch. Sie lagen auch kreuz und quer durcheinander auf der grünen Böschung des Kirchhofs. Andere Soldaten, Bajonett auf dem Gewehr, gingen in großem Bogen um sie herum, um sie zu beschützen. Auf dem gemähten Rasen einer Villa standen die Feldküchen, Soldaten mit Handtüchern um den Hals rührten in den Kesseln.

Karel spürte zum ersten Mal den bittersüßen Geschmack des Krieges. Alles, was er hier sah, waren Volltreffer für Kriegsfotografen: Schnappschüsse hinter der

Front. Er dachte fast nicht mehr nach. Er schaute nur. Er sog alles in sich auf wie Limonade nach einer langen Wanderung, Prickellimonade.

Er ging in eine Kneipe. Er wollte Onkel Robert anrufen. Es handelte sich um eine kleine Dorfkneipe. Im Schankraum lauschten etwa zehn schweigende Männer einem Lautsprecher, der auf der Theke stand. Sie standen in willkürlicher Haltung in einem großen Kreis um das zitternde grüne Auge herum, doch alle hatten den Kopf schief gelegt, als wollten sie im nächsten Moment jemandem einen Kopfstoß verpassen. Karel blieb an der Tür stehen. Er stand da in seinem zerknitterten Regenmantel und lauschte der Proklamation des Oberbefehlshabers der Land- und Seestreitkräfte.

«Der Kriegsverlauf hierzulande hat Ihre Majestät die Königin und Ihre Minister den Entschluss fassen lassen, den Regierungssitz zu verlegen.» Die Blicke der Lauscher irrten unruhig umher. Sie sahen einander nicht an. Der Oberbefehlshaber fuhr fort: «Das Heer hat sich heute Nacht auf unsere bekannte Neue Holländische Wasserlinie zurückgezogen. Der Kampf ist hart. Er ist es jedoch wert, gekämpft zu werden, weil es um die selbstständige Existenz unseres Volkes geht, die wir vor Jahrhunderten unter der Führung Oraniens erobert haben.» Dann folgte das «Wilhelmus». Die Männer verlagerten ihr Gewicht auf das andere Bein. Als die Nationalhymne verklungen war, schwiegen sie noch eine Weile und begannen dann, sich langsam und brummend zu unterhalten. Sie gelangten zu der Schlussfolgerung, dass sie sich auf jeden Fall hinter der Wasserlinie befanden.

Karel ging vorsichtig zur Theke und bestellte ein Glas Limonade. «Kann ich bei Ihnen telefonieren?», fragte er.

«Geht nicht», sagte der Wirt, «das Telefon ist kaputt, wegen des Bombardements.»

«Bombardement?», fragte Karel.

«Ja», sagte der Mann, «weißt du das nicht? Kommst du von außerhalb?»

Karel erzählte, er sei soeben aus der Stadt gekommen. «Aus der Stadt?», fragte der Wirt in einem Ton, als handele es sich bei der Stadt um London. «Er kommt aus der Stadt», rief er über die Schulter den Männern zu und machte eine winkende Bewegung. Die Männer kamen misstrauisch näher. Sie sahen Karel mit großen Augen an.

«Wie ist die Lage in der Stadt?», fragte der Wirt.

«Ruhig», erwiderte Karel. «Viel ruhiger als hier. Eigentlich passiert dort gar nichts. Freitag sind ein paar Bomben gefallen, und die Straßenbahnen fahren nicht mehr, und abends ist Verdunkelung. Das ist alles.»

«Alles?», fragte der Wirt, «keine Gefechte mit Fallschirmjägern?»

«Nein», sagte Karel, «davon weiß ich nichts. Als ich heute Morgen losgefahren bin, war alles wie sonst. Der Zug hat fast fünf Stunden gebraucht. Alles steht unter Wasser.»

«Es wird also nicht gekämpft?», sagte der Wirt.

Er wollte sich enttäuscht aus der Mitte seiner Kameraden entfernen, doch Karel fragte ihn: «Wann wurde der Ort bombardiert?»

«Heute Nacht», sagte der Mann beiläufig. «Zwanzig Tote. Die Telefonleitung wurde zerstört und eine Reihe Häuser.»

«Wo?», fragte Karel. «Wer ist umgekommen?»

«Nun», sagte der Wirt, «das ist eine lange Liste. Es hat das neue Villenviertel erwischt. Also, ich fang dann mal an mit Baron Putsch und seiner Frau sowie drei oder vier Kindern. Kennst du ihn?»

«Dem Namen nach», sagte Karel.

«Dann der Bauunternehmer Smelik. Seine Frau aber lag gerade mit Wehen im Krankenhaus. Und dann ... tja ... wen haben wir da noch?», sagte er zu einem Mann in der Uniform der Post.

«Der dicke Ruis auch», sagte der Postbote. «Kennen Sie ihn?»

«Ja», sagte Karel. «Ich kenne ihn.»

«Aber seine Frau hat Glück gehabt», sagte der Postbote. «Sie liegt im Behelfslazarett in der Bahnhofshalle.»

«Im Behelfslazarett?», sagte Karel. «Ich danke Ihnen für die Auskunft.» Er trank das Glas mit Prickellimonade aus. Er zählte fünfunddreißig Cent aus den vier Gulden ab, die von Onkel Roberts Zehner übrig waren, und ging nach draußen.

Da siehst du's wieder, dachte er, alles läuft anders,

als ich es mir vorgestellt habe. Das hört ja wohl nie auf, dieses Plänemachen. Pläne machen ist Unsinn. Es ist lächerlich, Pläne zu machen, wenn Krieg herrscht. Ich hätte ebenso gut zu Hause bleiben können.

In seiner Innentasche knisterte der Brief an Onkel Robert. «An den sehr geehrten Herrn R. Ph. Ruis» stand mit himmelblauer Tinte in einer runden Handschrift darauf. Onkel Robert ist also tot, dachte er. Er blieb stehen und starrte auf die arbeitslosen Kanonen und die arbeitslosen Soldaten. Aus dem Garten der Villa waberte der fettige Geruch geschmorter Zwiebeln. Aber Tante Lies lebt noch und liegt im Lazarett. Langsam schlug er den Weg zum Bahnhof ein. Wenn ich nachher zu Hause berichte, dass Onkel Robert tot ist, werden meine Eltern vergessen, sich eine Strafe für mich auszudenken, dachte er.

Auf dem Bahnhof stand der Zug unter Dampf. Karel ging zum Eingang des Behelfslazaretts. Platzkarten bereithalten, las er. Vor der Tür stand ein Soldat. Vor allen Türen standen jetzt Soldaten.

«Ich möchte Frau Ruis besuchen», sagte er.

«Heute Abend gibt es vielleicht eine Besuchszeit», sagte der Soldat.

«Aber mein Zug fährt gleich ab», sagte Karel und deutete nickend auf die fauchende Lokomotive. «Ich bin der Neffe von Frau Ruis», sagte er. «Ihr Haus wurde heute Nacht von einer Bombe getroffen. Ihr Mann ist tot. Mein Onkel …», sagte er. Plötzlich wurde er wütend. «Ich muss da rein …», sagte er mit heiserer Stimme.

«Ich schau mal, was sich machen lässt», sagte der Soldat und rief etwas in den Wartesaal hinein. Ein Mann vom Roten Kreuz kam, er trug eine weiße Schürze, unter der seine Wickelgamaschen und schwarzen Schuhe derb herausragten.

«Er möchte eines der Opfer des Bombardements besuchen, eine gewisse Frau Ruis», sagte der Soldat. «Er muss gleich mit dem Zug los.»

«Komm mit», sagte der Pfleger.

Sie gingen durch das Bahnhofsrestaurant, das dicht gedrängt voll Betten stand, in denen ausschließlich Männer lagen. Die meisten trugen einen Kopfverband. Auf dem Buffet lagen glänzende Instrumente und Wattebäusche. Über dem Buffet hing ein Porträt der Königin.

In der Halle zupfte der Pfleger Karel am Ärmel. Er beugte sich in einen Fahrkartenschalter vor.

«Da liegt sie», sagte er. «Sie hat sehr große Schmerzen.» Karel schaute in den Fahrkartenschalter und sah seine Tante Lies, die in einem altmodischen, braunen Bett lag. Ihren kleinen gelben Kopf schüttelte sie sanft, aber unaufhörlich hin und her, als wollte sie sich selbst in Schlaf wiegen. Der Pfleger ging mit patschenden Schritten über den Steinfußboden und öffnete die Tür. «Nur eine Minute, nicht länger», sagte er.

Karel stellte sich seitlich ans Bett. Tante Lies sah sehr indisch aus. Sie hatte keine Verletzungen am Kopf, doch die Decke war bis zu ihrem Kinn hochgezogen. Sie schaute starr geradeaus. Man konnte viel Weiß in ihren

Augen sehen. Sie stierte mit ihren schwankenden Blicken auf ein Reklameplakat mit einem Indianer in der Prärienacht, der mit der Hand über den Augen nach einem hell erleuchteten Zug spähte, PACIFIC RAILROADS stand darunter.

«Tante Lies», rief Karel leise. Die kleine, magere, indische Dame drehte ihren Kopf sofort um, allerdings ohne mit dem Schütteln aufzuhören. Sie schien nicht verwundert darüber, Karel zu sehen.

«Guten Tag, mein Junge, bist du das?», fragte sie mit sehr deutlicher Stimme.

«Wie geht es Ihnen?», fragte Karel. Er starrte auf ihre Lippen.

«Sehr gut, sehr gut», sagte sie. «Aber ich habe große Schmerzen.» Durch das Kopfschütteln glänzte ihr Kinn vor Speichel. «Der arme Robert», sagte sie, «wenn er rechts geschlafen hätte und ich links, läge er hier und ich dort. Unser Haus ist wieder abgebrannt», sagte sie.

«Ja», sagte Karel.

«Jetzt werde ich es wohl nie erfahren», sagte seine verletzte Tante. Ihre Stimme begann, ein wenig zu zittern. «Ich habe immer gedacht, irgendwann dahinterzukommen», sagte sie kraftlos. «Aber jetzt werde ich es wohl nie erfahren.» Das Schütteln wurde heftiger. Ihre Jochbeine schlugen Dellen in das Kissen. Ihre Augen folgten starr dem Drehen des Kopfes.

Der Pfleger kam mit einer Spritze herein. «Geh jetzt lieber», sagte er.

Der Junge ging, ohne seine Tante zu küssen. Er ging durch die Schalterhalle und das Restaurant mit den stillen, verbundenen Soldatenköpfen. Draußen fiel es leicht feucht durch die Buchenblätter. Er ging durch das unbewachte Drehkreuz und sah den Zug langsam durch den sandigen Graben davonfahren.

12

Karel klopfte an die Hintertür der Bahnhofs-
vorsteherwohnung. Der Bahnhofsvorsteher
saß in der Küche und aß. Seine rote Kappe lag
neben dem Teller. «Können Sie mir sagen,
wann der nächste Zug fährt?», fragte der
Junge.

«Es fahren keine Züge mehr», sagte der
Mann. «Das war der letzte. Ab jetzt nur noch Militär-
transporte.»

«Aber ich muss heute Abend noch zurück in die
Stadt», sagte Karel.

«Ich bedaure», sagte der Bahnhofsvorsteher, «aber
per Zug wird das nicht gehen. Ich kann auch nichts daran ändern», sagte er.

Karel ging durch den Blumengarten zur Straße und
schaute sich unentschlossen um. Vielleicht würde ein
Auto ihn mitnehmen? Er ging wieder ins Dorf und hielt
nach Autos Ausschau, doch dort standen nur Militär-
fahrzeuge. Er ging zu einem Soldaten, der auf einem
Trittbrett saß und rauchte.

«Fahren Sie in Richtung Stadt?», fragte Karel.

«Nein», sagte der Soldat, «und selbst wenn ich in die Stadt fahren würde, wir dürfen keine Zivilisten mitnehmen.»

Karel ging weiter. Ich werde wohl zu Fuß gehen müssen, dachte er. Lieber Vater, liebe Mutter, wie lange braucht man zu Fuß für vierzig Kilometer. Er kaufte eine Tüte süße Brötchen und spazierte kauend aus dem Dorf hinaus. Er folgte der Straße, die quer durch den Wald verlief. Es war warm. Er zog seinen Regenmantel aus. Immer wieder schaute er sich um, ob nicht ein Auto käme. Doch er ging unverändert einsam über die rosafarbenen Klinker, durch den Wald, und dann kam ein verlassenes Dorf und dann eine Wiese, immer nur Wiesen. Er ging und schaute auf seine Füße und zählte die Schritte von Pfahl zu Pfahl. Er kam immer langsamer voran. Ab und zu fuhr ein Radfahrer an ihm vorbei, doch nie ein Auto, nicht einmal ein Pferdewagen. Er ging immer weiter. Er sah die Straße endlos vor sich liegen, eine schnurgerade Betonstraße, Asphaltstraße, Schotterstraße, Asphaltstraße, Klinkerstraße. Seine Schuhe begannen zu drücken. Hin und wieder machte er eine Pause und aß ein Brötchen. Er kam zu einem überfluteten Gebiet, die Betonsperren lagen verlassen da, das Wasser stand zehn Zentimeter hoch auf der Straße. Er watete hindurch.

Alles ist kaputt, dachte er, sie haben mich alle mit ihrer verfluchten Geheimnistuerei hinters Licht geführt. Sie haben mir imponiert, weil sie sich alt oder schön oder aufrichtig gaben. Sie haben mir alles Mögliche versprochen, doch keiner hat Wort gehalten. Sie sind heimlich gestorben oder geflohen.

Er dachte an die Schule. Deutlich sah er das Gesicht seines jüdischen Mathematiklehrers vor sich: die scharf geschnittenen Kiefer, den Mittelscheitel, den schmalen Mund, grinsend aufgesperrt. Er sah einen Zirkel Kreise an die Tafel ziehen, eine weiße Hand setzte Linien, Zahlen und Buchstaben ein …

Er ging weiter. Die Sonne sank und wurde blutrot. Das Wasser, das ihn umgab, war ein rotes Meer. Er ging durch ein unüberschaubar großes Gewässer. Nachher wird es dunkel, und dann komm ich von der Straße ab, dachte er, ich lande in einem Graben und ersaufe. Gelbe Pflanzen lagen flach und sich sanft wiegend auf der Wasseroberfläche. Manchmal ragten Hecken wie die Skelette längst gestorbener Tiere daraus hervor.

Ein Bauernjunge holte ihn mit dem Fahrrad ein. Links und rechts der Räder spritzte das Wasser hoch. Das Wasser lief über seine Holzschuhe, doch er achtete nicht darauf. Als er Karel erreicht hatte, hielt er neben ihm an. Er sagte keuchend: «Wir haben kapituliert.»

Karel nickte, als wüsste er dies bereits. Der Junge fragte ihn, wo er hinwolle. «In die Stadt», sagte Karel, und er berichtete auch, wo er herkam.

Der Junge schlug die Hände zusammen und fluchte: «Steig hinten auf», sagte er, «es sind nur ein paar Kilometer, aber besser als zu Fuß gehen.»

Karel saß hinter dem breiten, blauen Rücken, der sich rhythmisch auf und nieder bewegte. Er musste sich mit aller Kraft davon abhalten, den Kopf gegen den Rücken knicken zu lassen. Seine gefühllosen Füße schaukelten im Spritzwasser. Seine einzige lange Hose triefte vor Schlamm. Die Dämmerung schritt rasch voran, und das Wasser färbte sich grau. Wind kam auf. Der Bauernjunge beugte sich tiefer über die Lenkstange. Wir haben kapituliert, sagte Karel immer wieder zu sich selbst, jetzt haben wir auch noch kapituliert. Die Deutschen werden einmarschieren und über unsere Straßen gehen. Sie werden die Juden misshandeln. Sie werden Musikdarbietungen in der Konzertmuschel im Stadtpark veranstalten: «Alte Kameraden». England, London, dachte er, was hätte ich nicht alles tun können, wenn diese Briefe nicht gewesen wären, wenn Onkel Robert am Donnerstag nicht zu uns zum Essen gekommen wäre. Ich hätte bereits am ersten Tag fliehen können, auf meinem Fahrrad. Ein Rucksack voll Proviant, und dann immer nur treten …

Sie hatten das überflutete Gebiet hinter sich gelassen. Wiesen erstreckten sich wieder. Nun wurde es allmählich richtig dunkel. Als sie an eine Kreuzung kamen, sagte der Bauernjunge keuchend: «Ich muss nach links. Du musst geradeaus, immer nur geradeaus, dann kommst du von selbst in die Stadt. Alles Gute.»

Karel marschierte wieder los. Seine Füße waren eiskalt. Er beschloss, beim erstbesten Bauernhof zu fragen, ob er dort übernachten dürfe. Doch es schien keine Bauernhöfe in dieser Gegend zu geben. Um ihn herum war es dunkel, und nirgendwo war ein Licht zu entdecken. Es gab keinen Mond. Er ging. Er dachte fast nichts mehr. Er ging einfach weiter. Er dachte immer dasselbe. Ich gehe nach Hause, dachte er. Zu Hause steht ein Bett bereit. Mein Schlafanzug liegt unter dem Kissen. Vater und Mutter sitzen am Tisch, mein Bruder und meine Schwester sitzen am Tisch. Vier Leute sitzen am Tisch, jeder sitzt an einer Seite des Tisches. Einen Tisch mit fünf Seiten gibt es nicht. Sie haben mich vielleicht schon für alle Zeiten abgeschrieben.

Er begegnete niemandem mehr. Es war kein Flugzeug mehr am Himmel, auch keine Suchlichter, doch in der Ferne bemerkte er einen roten Schimmer. Er kam durch ein Dorf, zwei Häuserreihen entlang einer Straße und eine Kirche. Es war wie ausgestorben. Nirgendwo schien Licht. Abgesehen vom Bellen einiger Hunde, hörte er nicht ein einziges Geräusch. Und dennoch musste er hier irgendwo anklopfen. An einem Zigarrenladen hing eine Mitteilungstafel. DIE NIEDERLANDE HABEN KAPITULIERT stand darauf, und darunter las er, dass seine Stadt bombardiert worden war und dass es Tausende Tote gab.

Er ging wieder aus dem Dorf hinaus. Die rote Glut war nun wieder sichtbar, diesmal viel deutlicher. Mit jedem Schritt schien das Feuer höher aufzulodern. Seine Stadt stand in Flammen. Aber er war mindestens noch zehn Kilometer entfernt. Keuchend setzte er sich am Rande eines Wassergrabens ins Gras. Krieg und ich, Krieg und ich, Krieg und ich, rief er laut, als ahmte er den Ruf eines Vogels nach. Es kann nicht anders sein, bestimmt sind auch meine Eltern tot. Alle um mich herum sind weg.

Er legte sich rücklings hin und schaute hinauf zu den kleinen Sternen. Die Kühle des Bodens kroch langsam an seinen Schulterblättern entlang. Alle sind tot, tot oder geflüchtet. Welchen Sinn hat es weiterzugehen? Ich habe ihn mir gewünscht, dachte er, ich habe mir Krieg gewünscht, und mein Wunsch wurde erhört. Der Mathematiklehrer wird getötet werden, weil er Jude ist. Ria und ihre Mutter sind geflohen, weil sie Juden sind. Sie werden nie mehr wiederkommen, ich werde sie nie mehr wiedersehen, und das ist schlimmer als der Tod. Sie werden weinen, weil es ihren Robert nicht mehr gibt, weil er unter den Bomben gestorben ist, die ich habe herabfallen lassen. Und Tante Lies wird, ich weiß nicht, was, nie erfahren. Ich habe gesagt: «Fall, Bombe, fall», und die Bomben sind zu Tausenden gefallen, und sie begruben meine Eltern und meinen Bruder und meine Schwester und Annie und Neel und den Käse-kronprinzen.

Er schaute hinauf zu den Sternen. Kann das sein?, fragte er sich. Ist alles meine Schuld? Warum haben sie mir keinen Gott gegeben, keinen Glauben, kein Ideal? Sie haben mir nichts gegeben. Nichts als mein Leben.

Ich bin siebzehn Jahre alt. Überall auf der Welt leben Menschen. Wo soll ich hingehen? Warum, dachte er, während er spürte, wie die Kälte zu seinen Lungen vordrang, warum haben sie mich so unvorbereitet in den Krieg geschickt? Warum haben sie mir nicht gesagt, was Krieg ist? Sollten sie es selbst nicht gewusst haben?

Er brach plötzlich in Lachen aus. Sie haben doch schließlich selbst den Krieg gemacht, dachte er. Sie haben jahrelang in Fabriken und Laboratorien gearbeitet und geschuftet, um die allerbesten Bomben zu bauen. Sie sind jahrelang aus ihren Büros nach Hause spaziert und haben Konservenlachs gegessen, sie haben hellblauen Interlock, Jaeger und lange Haare getragen, sie haben ihre Ehen ruiniert, ihre Kinder verdorben, Musik und Lappenbilder gemacht, und sie waren blind, und darum ist der Krieg ausgebrochen. Aber ist es eine Schande, blind zu sein? Was bleibt noch für mich übrig? Wo ist das Erbe?

Er lag keuchend auf dem Rücken. Ich weiß, ich bin ein sentimentaler Bursche, aber meine Eltern sind tot, und alle anderen sind tot, und die kleine Ria spaziert durch London und kämmt ihr Haar. Er tastete nach dem Kettchen unter seinem Hemd, konnte es aber nicht finden. Er suchte hektisch unter seinen Kleidern, aber es war nicht mehr da. Na klar, sagte er grinsend, warum hätte es mir auch erlaubt sein sollen, ausgerechnet dies zu behalten? Ich sag einfach, ich hätte es nie besessen. Ich sage einfach, ich hätte nie etwas besessen. Das ist

114

weniger bedrückend. Dann muss ich nicht flennen und kann weiter nach Herzenslust fluchen.

In der Ferne war Motorengebrumm zu hören. Er sah das Auto näher kommen. Er wollte aufstehen, doch er sah einen Moment lang ein Glitzern auf grünen Blättern, und da wusste er Bescheid. Er rutschte so weit wie möglich in den Graben hinein. Mucksmäuschenstill lag er da. Das Auto kam knurrend näher. Er konnte die deutschen Helme undeutlich erkennen. Vielleicht erschießen sie mich, dann bin ich der Letzte. Zwei Soldaten standen auf dem Wagen, links und rechts von einer kleinen Kanone. Das Auto fuhr vorüber. Karel richtete sich auf, um dem Auto hinterherzusehen, doch ein Lichtstrahl huschte über ihn hinweg. Wie hätte er auch ahnen können, dass ein Motorrad mit Seitenwagen hinter dem Auto herfuhr? Er ließ sich schnell wieder fallen, aber das Motorrad hielt knirschend an.

«Werda?», rief eine Stimme. Karel presste das Gesicht ins Gras. Er dachte nichts. «Werda? Werda?», rief die Stimme. Er hörte, wie sich schlurfende Schritte näherten. Plötzlich war er in Licht gebadet. Unter seinem Arm hindurch sah er, unmittelbar vor seinen Augen, die glänzenden schwarzen Stiefel. Tritt mich jetzt einfach, tritt mich einfach tot, dachte er, doch die Stimme rief: «Was machst du da, was machst du da? Jedermann soll doch jetzt zu Hause sein!» Der Deutsche beugte sich über Karel und schüttelte ihn an der Schulter. Karel spürte, wie die Feuchtigkeit mit aller Macht aus seinen Augen drang, aus seinen Augen und aus allen Poren seines Körpers, wie eine Flutwelle kam sie über ihn.

«Er schluchzt, der Junge», sagte der Soldat zu seinem Kameraden, der mit der Lampe noch näher kam, um das Schauspiel sehen zu können. «Mein Lieber, was ist denn geschehen?», sagte der Deutsche.

Nachwort

ich war der junge der den brief überbringen sollte
du warst das mädchen das den brief nie bekam

Gerrit Kouwenaar, *l'humour noir* (1953)

Die Novelle *Fall, Bombe, fall*, die 1950 in der Literaturzeitschrift *De Gids* erschien, ist das kürzeste von drei
Prosawerken, die der damals sechsundzwanzigjährige,
noch das ihm gemäße Genre suchende Autor Gerrit
Kouwenaar in den ersten Jahren nach dem Zweiten
Weltkrieg veröffentlichte. Mit dem Erscheinen seines
ersten Gedichtbands, *Achter een woord* (Hinter einem
Wort, 1953), entschied er sich dann sehr bestimmt für
die Lyrik.

Kouwenaars Dichtkunst entwickelte sich seit seinem
Beitritt zur Experimentele Groep in Holland (1948) auf
experimentellen Wegen, während seine Prosa sich, nach
dem höchst unkonventionellen Text *Uren en sigaretten*
(Stunden und Zigaretten, 1946) und dem bereits weniger
ungewöhnlichen Werk *Negentien-nu* (Neunzehn-jetzt,

1950), in Hinsicht auf Form und Inhalt dem Mainstream annäherte. In der Novelle *Fall, Bombe, fall* (die nach der Publikation in der Literaturzeitschrift übrigens noch sechs Jahre warten musste, bis ein Verleger sie als Buch auf den Markt brachte) wird das sofort deutlich.

Fall, Bombe, fall spielt im Mai 1940. Die Geschehnisse werden aus dem Blickwinkel eines siebzehnjährigen Schülers, Karel Ruis, geschildert, für den der Ausbruch des Kriegs eine Kraft ist, die sein junges, behütetes und geschlossenes Dasein mit einem Schlag öffnet – durch eine vertrauliche Mission (er soll der jüdischen Geliebten seines Onkels einen Brief bringen) und eine Verliebtheit (in die Tochter dieser Frau) – und fast gleichzeitig die Zukunft auf brüske Weise versperrt. Die Novelle wird lebendig und mit viel Einfühlungsvermögen erzählt.

Obwohl Karel Ruis nicht mit dem Jugendlichen, der Gerrit Kouwenaar im Jahr 1940 selbst war, identisch ist, so haben sie doch einige Gemeinsamkeiten, wie der Autor später selbst schrieb: «Auch ich stand am Nachmittag des 9. Mai am elterlichen Wohnzimmerfenster und schaute gelangweilt nach draußen, und auch für mich begann am Tag darauf die Invasion des Chaotischen und Destruktiven.» Und auch wenn die Ereignisse nicht wie aus heiterem Himmel kamen, «so bedeuteten sie doch einen vollkommenen Bruch. Vor 1940 lebte ich in einer anderen Welt als danach.» Das Bewusstsein und die Erfahrungen dieses Bruchs haben ihn geprägt, nicht zuletzt als Dichter und Autor und einer der Hauptakteure in der Gruppe der sogenannten «Fünfziger», die der Dichter, Essayist und Übersetzer Paul Rodenko «die experimentelle Explosion in den Niederlanden» genannt hat.

Auch wenn *Fall, Bombe, fall* in formaler Hinsicht keine unkonventionelle Erzählung und erst recht keine experimentelle Prosa ist, ändert dies nichts daran, dass die Novelle stilistisch von subtilem Einfallsreichtum zeugt. Ein Beispiel dafür ist die Art und Weise, wie der Erzähler Karel das Mädchen Ria betrachtet: «Ria kramte in einem Schrank und nahm eine kleine silberne Kette heraus. Als sie wieder in der Küche waren, stellte sie ihren linken Fuß auf einen Stuhl und legte die Kette um ihr seidenes Fußgelenk. Ihre Schenkel begannen unmittelbar über ihren Knien.» So auch das wunderbar Dichterisch-Enigmatische des Vergleichs in der Passage, in der Karel Ria auf ihre Einladung hin küsst: «‹Ich liebe dich›, sagte er piepsend. Danach lagen sie still nebeneinander. Er hielt ihre Hand mit einem bewegungslosen Griff, als hielte er ein Stück Papier fest.» Für einen kurzen Moment wird hier, durch das «Papier» in Karels Hand, der schreibende Erzähler sichtbar, der sich in die Szene einlebt, die er mit seinen eigenen Worten evoziert und festhält.

Einige Elemente der Erzählung haben einen nachweisbaren, autobiografischen Hintergrund. Die Figur

Onkel Robert trägt Züge von Kouwenaars Onkel Gerrit aus Bergen, bei dem er, als Schüler der Oberrealschule in Alkmaar, 1940/41 eine Zeit lang wohnte. Im Vornamen der Hauptperson Karel Ruis begegnet uns der Aliasname des Autors, den er 1943 als Häftling der Nazis von seinen Zellengenossen im Utrechter Gefängnis erhielt.

Auch die Historizität des zwischen den Büchern versteckten Hefts, das Karel zerreißt, ehe er von zu Hause wegläuft, konnte inzwischen nachgewiesen werden. In Gerrit Kouwenaars Nachlass fand sich ein Tagebuch, das der junge Gerrit während einer Verliebtheit im Winter 1939/40 geführt hat. Und das Foto, an das sich Karel erinnert, als er durch den Park geht, gibt es ebenfalls. Es handelt sich um ein in seinem Archiv erhalten gebliebenes Kinderfoto des Autors. Er ist darauf etwa zwei Jahre alt. Der Hut ist da und auch der Brief. Der kleine Gerrit betrachtet den Fotografen mit recht argwöhnischem Blick, als sei er sich nicht recht im Klaren über den Brief in seiner Hand. Darf ich ihn behalten, oder muss ich ihn abgeben?

Einen vollkommen anderen historischen Stellenwert hat die Art und Weise, auf welche die ersten über Amsterdam abgeworfenen Bomben einen Platz in Kouwenaars Erzählung gefunden haben. Der Teenager Karel erlebt dieses erschreckende Ereignis aus nächster Nähe, als er durch das Rotlichtviertel geht, «ein äußerst aufregendes Viertel, von dem es im Bett viel zu träumen gab». Eine der Frauen, die auf dem Bürgersteig sitzen, blinzelt ihm zu und hebt den Rock bis über die Knie. «‹Stirb›, dachte er. Sie war eine dicke weiße Frau in einem Unterrock. Mit steifen Beinen ging er an ihr vorbei. Er hörte sie hinter seinem Rücken lispeln. Ich bin ein siebzehnjähriger Junge, dachte er. In Deutschland muss man in diesem Alter bereits Soldat werden. Und diese Frau ist mindestens fünfzig.» Nach dem Bombeneinschlag findet Karel sich in einem Luftschutzkeller wieder, «zwischen Dutzenden von warmen Körpern in einem Luftschutzkeller, und er dachte: Hier kannst du nicht mehr darüber weinen, hier ist Weinen sinnlos.» Wieder draußen, sieht er, dass zwei Häuser, an denen er vorhin noch vorbeigegangen war, zerstört worden sind. «Die andere Bombe war offenbar in der Gracht gelandet, die Fassaden von mindestens zehn Häusern bedeckte nun eine dicke Schlammschicht. Es stank atemberaubend.»

Der Leser spürt, wie hier widerstreitende sexuelle Gefühle, Anziehungskraft und Abscheu, gleichsam explodieren, eine Entladung, die die Außenwelt schändet und beschmutzt und durch ihren Gestank Ekel hervorruft. Doch auch in Karels Gedanken ist etwas passiert, etwas, das man als primitiv-religiös bezeichnen könnte: «Ich bin siebzehn, dachte er. Sweet seventeen, süße siebzehn, und ich wollte mir die Drecksweiber in ihren Fenstern ansehen, und der Himmel schickte eine Bombe, um mich vor der Sünde zu warnen.»

Wie sieht es mit der Historizität dieses Vorfalls aus? Am 11. Mai 1940 wurden vierzehn Häuser am Amsterdamer Blauwburgwal durch deutsche Bomben zerstört. Dabei kamen vierundvierzig Menschen ums Leben, und neunundsiebzig wurden verletzt. Ein deutscher Bomber, der über Sloterdijk von einem Luftabwehrgeschütz getroffen worden war, flog weiter, warf aber zwei Bomben ab. Eine davon landete im Wasser des Blauwburgwals, die andere traf eine Häuserreihe. *Fall, Bombe, fall* enthält offensichtlich Reminiszenzen an dieses schicksalhafte Ereignis, das zwar nicht vergessen ist, auf gar keinen Fall in Amsterdam, das aber nach der Bombardierung von Rotterdam wenige Tage später in den Hintergrund gerückt ist.

Dennoch impliziert die Passage, in der Karel Zeuge dieses Bombenabwurfs wird, nicht, dass die Geschichte zweifelsfrei in Amsterdam spielt, denn auch die Zerstörung von Rotterdam spielt – und zwar gegen Ende der Novelle – eine Rolle, als Karel auf dem platten Land erfährt, dass seine Stadt, die Stadt, in der er mit seinen Eltern und Geschwistern wohnt, dem Erdboden gleichgemacht worden ist, mit Tausenden von Toten und der niederländischen Kapitulation als Folge. In *Fall, Bombe, fall* hat Kouwenaar Amsterdam und Rotterdam räumlich ineinandergeschoben.

Als Karel auf den letzten Seiten der Erzählung zu Fuß auf dem Weg nach Hause ist und er in der Ferne die rote Glut der brennenden Stadt sieht, denkt er: «Ich habe ihn mir gewünscht (…), ich habe mir Krieg gewünscht, und mein Wunsch wurde erhört. (…) Ich habe

122

gesagt: ‹Fall, Bombe, fall›, und die Bomben sind zu Tausenden gefallen.» Und doch ist das nicht der Kern der Erzählung. Gleich danach wird deutlich, dass die Thematik des Textes weiter reicht, als Karels «magisches Denken» über Macht und Tod bis dahin nahegelegt hat:

> «Er schaute hinauf zu den Sternen. Kann das sein?, fragte er sich. Ist alles meine Schuld? Warum haben sie mir keinen Gott gegeben, keinen Glauben, kein Ideal? Sie haben mir nichts gegeben. Nichts als mein Leben. Ich bin siebzehn Jahre alt. (...) Warum, dachte er, während er spürte, wie die Kälte zu seinen Lungen vordrang, warum haben sie mich so unvorbereitet in den Krieg geschickt? Warum haben sie mir nicht gesagt, was Krieg ist? Sollten sie es selbst nicht gewusst haben?
> Er brach plötzlich in Lachen aus. Sie haben doch schließlich selbst den Krieg gemacht, dachte er.»

«Ich bin siebzehn Jahre alt»: das Alter, mit dem man in Deutschland bereits Soldat werden muss, wie Karel sich bereits früher klargemacht hat. Aber ist er, in übertragenem Sinne, nicht auch so ein Soldat, jung und unvorbereitet in den Krieg geschickt? Die in ihm aufkommende Frage nach dem Fehlen eines wehrhaft machenden Glaubens oder Ideals, diese Problematik steht in dieser Novelle zentral und wird vom Autor auch in dem Roman behandelt, der 1951 auf *Fall, Bombe, fall* folgt: *Ik was geen soldaat* (Ich war kein Soldat). Biografisch gibt es hier eine Verbindung zu Kouwenaars marxistischem Engagement während der ersten Jahre seiner schriftstellerischen Tätigkeit.

Wiel Kusters
Frühling 2023

LITERATUR BEI C.H.BECK

Markus Gasser

LIL

Roman

240 Seiten. 2024

Laura Lichtblau

SUND

Roman

144 Seiten. 2024

Kurt Drawert

ALLES NEIGT SICH ZUM UNVERSTÄNDLICHEN HIN

Gedicht

160 Seiten. 2024

Margaret Meyer

DIE HEXEN VON CLEFTWATER

Roman

Aus dem Englischen von Cornelius Hartz

352 Seiten. 2024

Daniel Mason

OBEN IN DEN WÄLDERN

Roman

Aus dem Englischen von Cornelius Hartz

432 Seiten. 2024

C.H.BECK